오늘 내가
어떤 마음이었는지
기억하고 싶어서

지윤 에세이

천녀

2부. 작고도 큰 세계

3부. 이게 최선임을 확신합니다

4부. 마음과 마음 사이

저는 정말로 욕심쟁이임이 틀림없습니다. 반짝이는 순간들과 그때의 마음을 꼭꼭 기억한다면 허우적거리고 좌절하는 날들 속에서도 앞으로 나아갈 수 있을 것만 같았거든요. 너무너무 잘 살고 싶어서, 다 괜찮다고 말하고 싶어서, 좋은 것들 중에 더 좋은 것들을 손에 꼭 쥐고 싶었어요.

그래서 자꾸만 썼습니다. 찍어놓은 영상들을 돌려보며 편집하는 것처럼 말이에요. 별로 안 괜찮은 일들이 나오면 '많은 것들을 배웠어요!'같이 반짝반짝한 자막을 달기도 하고요. 요상한 효과음을 넣어 우습게 만들어버리기도 했습니다. 그냥 그렇게라도 지금의 시간들을 살아내고 싶었어요.

엉망진창인 날들을 뻔뻔하게 편집해놓았다고 생각했는데 이상하죠? 쓰다 보며 마주한 어떤 마음들은 정말로 오래

오래 기억하고 싶고. 그런 것들을 꼭 잡고 걸어가면 길을 잃지 않을지도 모르겠다는 생각이 들었습니다. 어쨌든 지금의 저는 학교에서의 나, 더 잘하고 싶었던 나, 잊고 싶은 기억들에 자주 힘들어하는 나…를 바로 마주할 수 있게 되었거든요.

이제는 그 모든 것을 넘어서 나에게 주어진 다음의 시간들을 씩씩하게 살아보려고 합니다.

모두에게 각자의 고군분투가 있겠지요. 저는 그냥 제 몫의 고군분투를 하고 있을 뿐이지만. 아마도 자신의 자리에서 고군분투하고 있을 당신에게 응원을 가득 보냅니다. 글로 만나 느슨하게 연결된 당신과 나는 씩씩하게 살아서 바라는 내일을 만들어낼 오늘을 살아갈 테니까요.

　책이 나올 때까지 응원을 보내주고 기다려준 이들에게 감사합니다. 세상이 거대한 애니팡의 세계관 아래에 있다고 믿고 있는(4부의 글 '언니와 애니팡과 인간을 너무 사랑함' 참고) 저에게 선뜻 하트를 보내주는 친구들 덕분에 사랑을 놓지 않을 수 있었습니다. 사랑하므로 상처를 받고, 사랑하므로 걱정하고, 사랑하므로 종종거리고, 사랑하므로 쉽게 슬퍼지더라도 두려워하지 않고 하트를 팡팡 쏘는 사람이고 싶습니다.

　이 책이 세상에 나오기까지 많은 도움을 받았습니다. 책에 다정한 추천의 말을 써주신 김혼비 작가님께는 각별히 감사의 말씀을 전하고 싶습니다. 추천사가 너무 좋으니 책을

오늘 내가
어떤 마음이었는지
기억하고 싶어서

사서 보라는 뻔뻔한 말도 해볼 수 있을 것만 같습니다. 아낌없는 조언을 준 출판사 책나물과 책을 아름답게 만들어주신 북디자이너 지완님께도 감사합니다. 나의 글이 어떤 의미를 가질까 의심스러웠던 날들에도 덕분에 자신 있게 말하고 지치지 않고 쓸 수 있었습니다.

　부디 각자의 고군분투 속에서 기억하고 싶은 순간과 마음을 꼬옥 잡고 함께 오래오래 나아가요.

오늘의 마음을 기억하며,
지윤

드리는 말씀

(저자) 글은 언제나 주관적이며 편파적입니다. 제 글 속 아이들도 저의 시선에서 편집되고 가공되어 있습니다. 글에 아이들이 등장하는 것은 제가 일상의 많은 부분을 아이들과 함께 보내고 있기 때문일 뿐, 아이들이 가진 복잡다단한 면을 담아내기에 저의 글은 턱없이 부족합니다. 제 짧은 글로 아이의 인성이나 태도를 추측하지 않으셨으면 좋겠습니다. 글 속 아이들에게 지나친 환상을 가지는 것도 경계하셨으면 싶기도 하지만, 글쓴이인 제가 아이들에 대해 환상을 갖고 있기에 그걸 강요할 수는 없다는 생각이 들기도 합니다. 다만 제가 글로 남기는 부분은 대체로 아이들의 사랑스러운 부분 중에서도 정말 사랑스럽고, 그래서 꼭꼭 간직하고 싶은 부분이라는 것을 말씀드립니다. 그런 모습을 보면서 아이들이 너무 예쁘다고 하시는 건… 글쎄요, 그게 진실에 얼마나 가까운지는 모르겠으나, 저는 좋습니다. 사랑은 아무리 주어도 모자란 것 같으므로 사랑 담긴 말들은 언제라도 애들한테 전해주고 싶거든요.

(편집자) 본문에 나오는 어린이들의 이름은 모두 가명이고, 수록에 대해 동의도 받았음을 밝힙니다. 글맛을 살리기 위해 때로 글쓴이와 어린이들의 표현에서 맞춤법에 맞지 않은 경우를 그대로 두었습니다.

1부. 어떤 고군분투

우유를 쏟고는 엉엉 울었다

미로찾기(내 친구이다)가 내 글이 좋다고 했다. 답지 않게 호들갑을 떨어서 나는 조금 머쓱했다. 동시에 내 글의 대중성 없음을 실감했는데 우리가 의기투합해서 한 일들은 다 대중적이지 못했기 때문이다. 보통 우리는 안 하면 안 될 것 같은 일과 하고 싶어서 죽을 것 같은 일들을 했는데 대체로 남들과는 생각이 달랐다. 다 망했다는 뜻이다. 그래서 나는 숨도 안 쉬고 "야니가좋다그러니까나도어깨가으쓱하긴한데진짜상업적가능성은없다는뜻으로들려 맞니?"를 전송했고 친구는 "야 트렌드를노려. 내멋대로살겠다는데니가뭔데요? 같은제목으로힐링에세이인척해"라는 현실적인 전략을 내놓았다. 세 줄만 읽어도 힐링과 거리가 먼데. 자주 망하고 가끔 절망하고 다시 꾸물거리는 사람의 삶에서 힐링을 찾을 수도 있나? 나는 잘 모르겠다.

　그저께의 망함은 지갑이 없어졌다는 것이었다. 사실 지갑이 없어진 것은 월요일이었다. 월요일에 뭔가를 사려다가 지갑이 없어진 것을 알았고. 어디 두었더라, 집 아니면 직장에 있겠거니 했다. 그런데 주변을 두리번거려도 찾을 수가 없었다. 어딘가 있겠지, 하는 현실부정 단계로 하루가 더 지났다. "지갑아, 들리니? 전화 좀 받아봐. 우리 좋았잖아." 같은 진부한 대사를 외며 서랍과 서랍의 아래와 각종 주머니와 서랍장들을 뒤졌다. 그래도 보이지 않았다. 있을 리가 만무한 냉동실과 책꽂이, 속옷장과 캣타워 밑 같은 곳도 뒤집다가 먼지만 담뿍 썼다. 언젠가 잃어버렸을 실핀들을 찾은 것 말고 소득이 없었다. 마지막으로 본 게 언제였지. 물먹은 솜 같은 상태로 애인네 집에서 역까지 택시를 탄 것 이후엔 기억이 흐릿했다. 기약 있는 이별 앞에서도 나는 멍청해졌고 소중한 것을 소중하게 대하지 못했던 것이다.

내가 잃어버린 것들은 늘 비슷한 방식으로 나에게서 떠났다. 중요한 것인 걸 알지만 잘 간수하지 못했고. 잠깐 미뤄두고 다른 것들을 좇고. 정신이 어딘가에 팔리거나 신경 쓸 겨를이 없었고. 그래도 계속 그 자리에 있겠거니 하고 놓아두었다. 내 무심함에 그런 것들을 영영 놓치고 나서야 잃었음을 알게 되곤 했다. 소중한 것을 소중하게 여기지 않는 것의 대가는 가혹하다는 것을 알면서도 이미 잃어버린 것 앞에서 속수무책으로 무너지는 것 말고는 방법이 없었다. 마음에 꼭 드는 그림이 그려진 다이어리, 오래 함께한 목베개 인형, 내 비밀들을 잔뜩 갖고 있는 지갑, 간간이 안부를 물어주던 친구, 연락하려야 연락할 수 없는 전화번호부 속의 많은 번호들과 한때 세상의 전부 같았던 사람, 몇 년간 한 번도 찾아뵙지 못하고 보내버린 이와 마지막 순간 내 이름을 불렀다던 이. 모조리 내가 잃은 것들이었다. 요상한 미련으로 마음이 끈적거렸다. 한층 더 탁한 기분이 되었다.

지갑에는 현금은 없었다. 재난지원금 지역화폐가 몇 장 있겠지. 재난 시 나를 지원해줄 무언가가 없어졌다는 게 슬펐다. 이제까지 나는 그 재난지원금을 카페에 가는 데에 썼다. 카페는 보통 마음의 재난 상황에 가니까 적절한 사용처인 듯했다. 너무 소진되어 버티지 못할 것 같은 때에 카페에 갔다. 사장님이 잔뜩 공을 들인 디저트를 먹고 반질반질 윤이 나는 올리브나무를 바라보며 몸의 힘을 풀었다. 내가 앉는 테이블은 카운터를 등지고 있어서 밖으로 세탁소와 하늘이 가득 보였다. 나는 대체로 방해를 받지 않고 책을 읽었고 아무 말도 안 하는 시간이 절실했기에 그 시간 속에서 위로를 받았다. 그렇게 한참 있다 보면 바닥을 보이던 무언가가 조금씩 채워지고 일상으로 돌아갈 수 있었다. 재난 극복이었다. 재난지원금을 잃은 지금은 그 사치를 좀더 신중하게 누려야 할 것 같아서 부쩍 슬퍼졌다. 지갑과 함께 심적 재난 극복의 희망도 잃은 것 같아서.

어제의 망함은 우유를 쏟은 것이었다. 침체된 기분이라도 스스로를 잘 대접해야 한다며 억지로 몸을 일으킨 것이 패착이었나. 아니면 굳이 안 하던 짓—우유 전자레인지에 넣기—을 시도한 것이 잘못이었을지도 모른다. 손가락의 힘이 풀려서 우유를 놓쳤고, 전자레인지의 안, 레인지 받침대 위에 폭포처럼 우유가 쏟아졌다. 가습기, 공유기, 커피 머신의 틈

새로 뚝뚝 우유가 흘렀다. 잠깐 멍해졌다. 괜찮아, 닦으면 되지. 습관처럼 아무렇지 않은 듯 발걸음을 옮기다가 멈췄다. 더 이상 걸음을 뗄 수가 없었다. 뭔가가 툭 끊어지는 소리가 들리는 것 같았다. 아슬아슬 쌓아둔, 해결되지 못한 마음이 놓쳐버린 우유와 함께 와르르 쏟아졌다.

지갑을 잃어버린 것. 그거 하나 제대로 간수하지 못했나 하는 자책. 유난히 잘되지 않았던 수업과 아이들에게 실망한 순간들. 아이들에게 실망하는 나에게 드는 실망감. 관계에 대한 피로감. 미래에 대한 불안감. 나에게 감정을 쏟아내는 사람들에게 감정을 쏟고 싶지 않은 마음과, '너도 어디 한번 들어보지 그래?' 하고 똑같이 굴고 싶은 저열한 마음. 나 없이 못 살 것같이 구는 사람들 때문에 정말 못 살겠고. 나를 잘 아는 듯 말하는 이들에게 '네가 뭘 알아?' 해버리고 싶은 마음, '나를 좋게 보는 사람들을 실망시키지 말자.' 하는 생각과 '네 멋대로 기대하지 마세요.' 쏘아대고 엉망진창 굴고 싶은 마음. 그 모든 것들을 꾹꾹 누르며 괜찮아, 괜찮아, 나를 다독였는데. 언제나 나를 무너뜨리는 것은 너무 사소했다. 쏟아진 우유같이.

차가운 마룻바닥, 계속 똑똑 흐르는 우유를 멍하게 보다가, 아무렇게나 앉아서 엉엉 울었다. 도무지 이 순간의 쓸모를 모르겠고. 이 난장판을 수습할 마음이 별로 안 들어서. 우유 따위에 이러는 게 너무 하찮아서. 와르르 무너진 조각들을 하나씩 잡아 제자리로 돌려놓을 자신이 없어서. 나중엔 집이 너무 추운 것 같아서. 그런데 이상하지, 별 이유도 없이 찔찔거리는데 신기하게 조금씩 괜찮아지는 기분이 들었다. 차분해졌다. 얼마나 차분해졌냐면 평소 마음속에만 도사리고 있는 냉소적인 면모가 툭 튀어나올 만큼. 꼴값 떨고 있네, 이쯤 하면 됐으니 치우자 같은 생각이 들었다는 말이다. 어처구니없게도 방금 전까지 엉엉 울다가는 거짓말처럼 그치고 물티슈와 걸레로 바닥을 박박 닦고 전자레인지 받침대를 들어냈다. 우유는 금세 치울 수 있었다.

나에게 필요했던 것은 망하고, 또 망하고, 또또 망했을 때 그냥 아무 생각 없이 엉엉 울 수 있는 시간이었을지도 모르겠다. 별 합리적인 이유 없이 치사하게 굴거나, 멍청한 행동을 해도 흘린 우유 닦듯이 어떻게든 하면 될 텐데. 나는 좀 나를 대단한 사람이라 생각하는 경향이 있다. 일말의 절망도 스스로에게 허락하지 않으려고 한다. 주저앉아서 울 수도 있는데 그게 낯간지러워서 계속 스스로를 채근한다. 뭐 하나만 얻어걸리면 바닥에 앉아서 울어버려야지 마음먹은 어린애처럼 뚱하게 참고 참고 참고. 그냥 하고 싶은 대로 하게 내버려두면 아무렇게나 울다가도 금세 냉소적인 상태로 이쯤 하자 할 텐데. 왜 나는 머뭇거리는 나를 잠시도 기다려주지 못하는지. 스스로에게 급하고 가혹한 것은 정말 멋이 없다. 힐링 에세이를 쓰기에는 글렀다.

　마음을 굳세게 다시 먹고 출근을 했다. 아이들은 컵타(컵으로 하는 난타) 연습을 하고 있었다. "넌 할 수 있어~ 라고 말해줄래요. 그럼 우리는 무엇이든 할 수 있어요. 짜증 나고 (짜증 나고) 힘든 일도(힘든 일도) 신나게 할 수 있는~" 어쩐지 판타지 같은 노래에 맞춰서 컵을 탁탁 치는 아이들을 보니 요상한 기분이 들었다. 짜증 나고 힘든 일이 가사 한 줄에 두 번씩이나 있다니 잔인한 거 아닌가 싶었다. 아니, 것보다 짜증 나고 힘든 일에는 좀 짜증을 내도 되지 않을까. 그걸 굳이 신나게 해야 할까. 애들이 노래 가사를 곧이곧대로 믿어서 나같이 제대로 울 줄도 모르는 어른이 될까 봐 문득 무서워졌다. "넌 할 수 있어!" 대신 "힘들면 엉엉 울고, 짜증이 나면 짜증을 내렴." 하고 은근히 말해야지. 자주 망하고 가끔 절망하는 사이사이에 충분히 슬퍼하고 짜증 내고 흔들리고 엉망진창으로 굴더라도 오래오래 스스로를 기다릴 수 있도록. 그렇게 꾸물꾸물 앞으로 나아갈 수 있도록.

비겁함을 이기는 정신 승리

올해 학급 및 업무 분장을 받았다. 1, 2, 3지망에 모두 쓰지 않은 학년이었다. 아무도 이 학년을 지원하지 않았다고 했다. 사실 나도 이 학년을 맡고 싶진 않았는데, 인원 수가 부담스러웠기 때문이다. 두 반이 되려면 필요한 최소 인원수에 조금 못 미쳐 한 반이 되어버린 반. 2인분 같은 1인분을 하고 싶진 않았다. 옆 반이 없다는 것도 좀 부담스러웠는데, 시수 편성이나 수행평가 같은 학년 업무는 경력 많은 옆 반 선생님이 착착 알려주셔서 어찌저찌 넘어갔기 때문이다. 그걸 혼자 할 생각을 하면 좀 까마득했다. 게다가 남자애들이 여자애들의 두 배는 되는 성비도 자신이 없었다. 부러 6학년(애들도 크고 졸업 업무 등 귀찮은 게 많아서 보통 기피한다.), 1학년(학교가 처음이라, 가르쳐야 할 게 많다.)… 아무도 안 하고 싶어 할 것 같은 학년을 골랐는데도 얘네가 나한테 올 줄이야.

어차피 모두가 원하는 걸 할 수 없다는 건 잘 알고, 차라리 할 사람이 없으니 해달라고 부탁을 하신다면야 그냥 그러려니 할 것이었다. 빈말이라도 올해 너무 잘하는 것 같아서 얘들도 잘 맡아줄 것 같다고 하거나 업무를 줄여준다거나 하면 어휴 참 어휴, 하면서도 못 이기는 척 기분 좋게 준비했을지도 몰랐다. 우리 애들이라 생각하면 그래, 다들 뭐라고 해도 예쁘다 예쁘다, 나는 그렇게 할 수도 있는데. 문제는 이게 너무 기분 나쁜 방식으로 제안(이 아니라 통보)되었다는 거다. 마치 나에게 특혜를 주는 것처럼.

선생님은 고학년을 하면 애들한테 휘둘리는 것 같고, 1학년을 하면 사표를 쓸 것 같으니 그냥 중간 학년이 딱 어울린다는 둥. 애들 인원만 딱 더블이라고 생각하라는 둥(그게 말이 되냐? 애들이 더블이면 일이 더블인데.). 어디에선 중간 학년 서로 하려고 싸운다는데 선생님은 2년 연속 황금 학년이니

행운이라는 둥(그 행운, 저는 바란 적 없는걸요.). 뭐, 좋지 않냐며 올해 수업 준비한 거 그대로 쓸 수 있고, 애들이 많으니까 수업의 다양성도 늘어나고(올해 수업을 그대로 쓰는데 다양성이 늘어난다구요?) 이런 지나가던 개미도 눈 깜짝 안 할 것 같은 요상한 얘기들을 늘어놓으면서 나 좋은 일이라는 듯 떠미니까 복장이 터졌다. 그것마저도 내가 업무에선 무능하고, 고학년은 잘 지도하지 못한다는 말처럼 얘기하니까 너무 억울하잖아?

그래, 애들이 무슨 잘못이겠어. 좋게좋게 생각하자, 하다가도 "선생님은 고학년을 못 다루고……." 이런 말이 생각나서 벌떡! 일어나고. 혼자 곰곰 생각하다가 아니 근데! 싶고. 차라리 업무 줄여달라고 말이라도 해볼걸 싶다가도 나를 무능하게 보는 게 싫고. 며칠 동안 "말을 왜 저렇게 하는가? / 아니 근데!" 사이를 맴돌았다. 심심한 위로를 건네는 동기들(대체로 원하는 학년을 받은 편)의 얘기도 귓등으로 흘러가고. 부글부글 끓었다. 그냥 비겁한 방식으로 자길 정당화하려고 그런 거고, 그런 말에 의해서 내 몇 년간이 평가되는 건 아니다 생각하다가도, 아니 근데? 싶어서 나중엔 눈물이 삐질삐질 나왔다. 꿈에서도 자꾸 그 얘기가 빙빙 맴돌았다.

이러다간 애들을 만나도 미워질 것 같아서, 그냥 내가 불행해질 것 같아서. 됐어, 뭐 어쩌겠냐, 했다. 숨을 흐읍 들이마시고 후우 뱉고. 요가인지 명상인지 그런 걸 할 때마다 들숨엔 평온을 들이쉬고 날숨엔 미움짜증분노억울함을 뱉…으려고 했는데 잘 되었는지는 모르겠다. 비둘기 자세 같은 걸 하면서 고통으로 번뇌를 이겨보려고 했는데 번뇌는 그냥 번뇌였다. 됐다, 어쩌겠냐! 그냥 사랑해야지……. 하니까 조미료(내 직장 친구이다)는 그러니까 네가 그 학년을 받은 거라고 깔깔거렸다. 야, 너 4월 되면 그래도 걔들 좀 귀여운 것 같지 않냐고 주절거리다가 6월 되면 누구 너무 예쁘다고 자랑하고 다니고, 2학기 되면 애들이 둘이니까 두 배는 좋다고 난리치다가 12월 되면 헤어져서 속상하다고 또 죽상하고 다닐 거 뻔하다고. 넌 어떤 애들 붙여놔도 사랑하려고 애쓸 거고 또 그럴 거니까, 그럴 것 같아서 걔네 학년을 너 준 거라고 막 그랬다.

놀리는 것 같았지만 그게 좀 위로가 되었다. 맞아, 나는 또 그럴 거다. 애들이 꼭 내 마음에 들어서, 혹은 어떤 모습이거나, 내 말을 잘 듣거나 그렇지 않더라도. 어쨌든 모든 애들은 사랑할 구석이 있을 거고, 나는 그게 어디 저 구석탱이에 처박혀 있어도 찾아내고는 열심히 정신 승리를 하는 종류의 인간이니까. 두 배의 애들 정도는 두 배의 즐거움이라고 셀프 세뇌를 할 수 있으니까. 어쨌든 그런 종류의 애씀은 거의 매 순간 해왔으니까 어떻게든 할 수 있을 거라고. 다들 밉다, 밉다 하는 애들의 서늘함에 상처를 안 받았다면 거짓말이지만, 그래도 계속 나는 애들을 두드렸으니까. 그렇게 어떤 우정을 갖게 된 애들을 떠올려보면, 또 할 만할 것 같기도 하고. 이게 정신 승리라면 열심히 정신을 승리해보자 하는 생각을 했다.

에라, 잘 모르겠다. 말은 이렇게 해도 숨이 턱턱 막히게 막막하지만. 그럼에도 누구의 비겁함보다는 내 정신 승리가 훨씬 셌으면 하는 바람이 있다.

그래도 안 되면 휴직하지 뭐! 조미료는 당장 휴직 때려도 아무도 뭐라 못 할 거라 그랬다. 정신 승리를 도와주는 조미료가 있어서 인생에 감칠맛이 난다.

너희를 만나서 기뻐

이렇게까지 바쁠 줄 몰랐냐면, 정말 몰랐다. 만반의 준비 같은 걸 했다고 생각하고 비장하게 맞는 개학이든, 얼레벌레 맞는 개학이든 개학이란 놈은 다소 매운 구석이 있다. 코를 킁 풀면 장기가 툭! 튀어나올 것 같은 정신없음 속에서 일상을 다 놓아버렸지 뭐야. 다정하신 교장 선생님이 두 배의 아이들을 맡겨주신 덕분에 두 줄 노트(하루 학교 일과에서 경험한 걸 단 두 줄! 이라도 쓰는 노트로 아이들에게 내가 시키는 거의 유일한 것)도 두 배, 학생 보호자 상담도 두 배, 가정통신문 걷는 것도 두 배. 시간은 두 배 빨리 지나가고 나는 두 배 언저리쯤 늙었다. 학기 말도 두 배 빨리 올까?

작년보다 두 배 많은 아이들은 정말 교실 저 끝부터 저 끝까지를 가득 채웠다. 첫날 나의 느낌은 압도, 압도였다. 청소용구함 바로 옆과 문 바로 옆까지 책상을 두어도 거리 두기가 지켜지지 않았고, 결국 칸막이를 설치했다. 칸막이 뒤로 흐릿하게 보이는 애들의 얼굴, 웅웅 울리는 목소리를 주섬주섬 들으면서, 이렇게 애들이 눈에 안 들어와서 어쩌지 섬찟 겁이 났다. 아이들이 많은 만큼 더 꼼꼼히 살펴야 하는데, 투명 가림막이 뭔가 중요한 걸 가리는 것 같아서 점점 자신이 없어졌다.

교사로서 내가 믿는 구석이란, 애들한테 내가 진짜 관심이 있다는 거, 그거 하나뿐이었는데. 가림막 뒤의 얼굴들이 다 비슷비슷해 보였고. 애들은 무슨 생각을 하는지 잘 모르겠고. 그래서 점점 자신이 없어졌다. 수업도 생활지도도 나는 너무 어설픈데. 이제까지 우리 반이 잘 굴러갔다면(잘 굴러간 게 맞는지 의구심이 들지만) 그건 어쨌든 아이들이 내 진심을 갸륵하게 여겨주시어 만들어준 기적 정도인데. 15분의 1로 마음을 쪼개어 바쳐서 가능했던 걸 28분의 1로 쪼갤 때도 할 수 있을까. 한 명에게 돌아가는 몫이 너무 미미하다고 항의하면 어쩌지. 흐으으.

　자신 없는 걸 들키기 싫어서 계속 말했다. 툭 치면 "너희랑 같은 반이 되어서 너무 좋아." 같은 말이 나오는 자동인형처럼. 〈너희랑 같은 반이 되어서 좋아. 올해 우리가 만난 건 정말 행운이야. 너희를 만나서 기뻐. 나의 제자가 되어주어서 고마워.〉 사실 그건 진실이라기보다는 바람에 가까웠는데. 그랬으면 좋겠다는 소망이랄까. 탑처럼 쌓인 두 줄 노트를 검사할 엄두가 안 날 때 부러 소리 내어서 "읽을 얘기가 많아서 기뻐!" 말하고, 또 한 층의 탑처럼 쌓인 수학익힘책을 보면서 "와! 너희를 만나서 기뻐." 하고, 또 통계를 내야 하는 건강문진표를 보면서 "와! 어쨌든 기뻐." 했다.

　열심히 스스로를 속이려 애쓰는 나와, 그런 나를 비웃는 냉소적인 나, 다 시끄러우니 조용히 하라고 말하는 나와 그래도 뭐 나쁘지 않은 것 같은데? 하는 희망찬 내가 엎치락뒤치락 싸우면서 어찌어찌 하루들이 굴러갔다. 아이들과 얼굴을 마주한 지 딱 일주일. 자기 세뇌가 효과가 있었는지 애쓰지 않고 나도 모르게 "너희랑 같은 반이 되어 기뻐!"를 내뱉고는 흠칫! 놀랐다. 그러고 보니 정말 기쁘다는 생각이 들어서. 오늘이 너무너무 즐거웠고 또 학교에 오고 싶어서 빨리 내일이 되었으면 좋겠다고 말하는 혜림이랑도, 작은 글씨로 꼭꼭 다짐을 눌러쓰는 정하랑도, 손을 번쩍번쩍 들고 뭐라 말을 하는 남경이랑도 같은 반이 되어서 진심으로 기쁜걸.

음료수 뚜껑을 따달라고 내미는 민지도, 매일 교탁 앞에서 종알거리는 미정이도, 느리지만 꿈지럭거리며 글을 쓰는 초아도. 요즘 학교 오는 게 웃기다고 말한 주안이도. "선생니-임!" 하고 나를 부르는 우정이도. 내 제자가 되어주어서 고마워. 칸막이 뒤의 얼굴들이 서로 다르게 반짝여 보여서 정말 다행이야. 탑처럼 쌓인 두 줄 노트와 수학익힘책과 또 준비하지 못한 수업과 밀려 있는 업무와 아마도 두 배는 오래 걸릴 성적 처리와 또 넘쳐나는 결석계, 그런 건 벅차지만. 그럼에도 함께 웃을 수 있는 애들이 더 생기는 건 나쁘지 않은 일이지도 모른다.

두 배쯤 넉넉하게 힘을 내볼게. 너희를 만나서 기뻐.

잦은 이별은 적성이 아닌데

아이들을 진급시키는 것도 이별의 일종이라면 좀 깔끔한 이별을 할 필요가 있겠다. 새 학년, 새 선생님과의 만남과 함께 나의 존재가 천천히 흐려지기를 바란다. 쑥쑥 자라다가, '자라다'라는 단어를 붙이기 머쓱해지는 어느 날, 나와의 시간이 나쁘지 않은 추억으로 기억된다면 더 바랄 게 없다. 첫해에는 6학년을 맡았고. 녀석들이 졸업하고는 정말로 이 시나리오대로 흘러가는 것 같았다. 애들은 드문드문 〈잘 지내세요? 저희 잊지 마세요!〉〈6학년 때가 좋았어요!〉 같은 문자를 보내오곤 했고 나는 있을 때 잘하지 그랬냐고 투덜거리면서도 이모티콘을 잔뜩 넣은 답장을 해주었다. 훌쩍 자라

교복을 입고 찾아온 녀석들을 처음 봤을 땐 벅차서 눈물이 날 뻔했지만, 어쨌거나 아름다운 이별이었다. 가끔 찾아오면 아이스크림을 사주는 정도의 관계랄까.

아무튼 그런 아름다운 이별을 생각하며 작년 우리 반 아이들을 5학년으로 올려보냈는데. 이게 무슨 일이람. 교실이 붙어버렸다. 벽 하나를 두고 5학년 1반, 또 바로 그 옆에 5학년 2반. 그러니까 본관 2층에는 과거에 우리 반이었던 아이들과 현재에 우리 반인 아이들이 함께 있는 셈이다. 복도를 돌아다니는 얼굴들이 너무 익숙해서 대체 내가 2020년도 13월에 있는 건지 2021년 3월에 있는 건지 모르겠다는 생각이 들었다. 심란함을 주체할 수 없어서 조미료를 붙잡고 비장한 연극 톤으로 시(패러디)를 읊었다.

복도를 돌아다니는 모든 사람이
우리 반이었다가!
우리 반이다가! 우리 반일 것이었다가
다시 문이 닫힌다.
— 황지우의 「너를 기다리는 동안」 일부 변형

학급 학생 두 배의 충격에 "앗! 우리 반! NCT보다 많다!" 를 외치고 다닐 때도(혹시 모르는 사람들을 위해 설명하자면, NCT는 SM엔터테인먼트 소속의 23인조 남자 아이돌 그룹이다.) 〈또라이야.〉라는 반응으로 일관했던 조미료는 이번에도 〈진짜 개또라이.〉〈한민족의 해학 정서를 보여주는 놈.〉이라며 혀를 끌끌 찼다.

뭐 여기까지는 그럴 수 있다 이 말이야. 문제는 작년 우리 반 애들이 꼭 미련 남은 전 애인처럼 군다는 것이다. 3월의 첫 등교날, 수업을 하고 있는데 아래 창문에 붙여진 불투명 시트지 위로 손이 왔다 갔다, 하더니 힘차게 흔들렸다. 그러고 나서 또 다른 손들도 왔다 갔다 복도를 이동하다가 나에게 인사를 한다고 줄줄이 손을 흔드는 거였다. 시트지 위로 자꾸 움찔움찔 올라오고 흔들리는 손의 행렬이 꼭 수중발레 같았다. '이쪽 쳐다보지 말고 빨리 가……!'라는 눈빛을 보냈으나, 애들은 줄줄이 기차처럼 손을 한참 흔들고는 사라졌다.

나는 괜히 눈치가 보였다. 걔네의 현 애인 아니 현 담임선생님의 눈치가. 그리고 또 반에서 창문 쪽의 소란을 흘끗대는 지금 우리 반 애들의 눈치가. 정작 눈치를 전혀 보지 않는 작년 애들은 쉬는 시간에도 우리 반 문 앞을 기웃기웃거리고, 복도에서 만나면 또 뽀쪼르르 와서 "선생님! 선생님 보고 싶었어요!"라고 하질 않나. (걔네 담임선생님이 들을까 봐 나는 또 전전긍긍.) "선생님, 우리가 좋아요, 지금 애들이 좋아요?" 같은 질문을 던지고는 대답을 요구했다. 아이구, 두야. "우리 반 수업하고 있는데 자꾸 인사하면 어떡해!" 얘길 했더니, '우리 반'에 자기는 없는 거냐고 사랑이 이렇게 쉽게 변하냐고 씩씩댔다.

얘들아, 너넨 몰라. 처음에는 마음을 끌어내어 사랑한다, 사랑한다 말하다가 정말로 사랑하게 될 때쯤에 떠나보내야 하는 내 맘을 모른다고. 사실은 그 모든 순간에 맘이 아린다고 솔직하게 얘기하고 싶었다. 이별이 깔끔할 수가 있을까. 무뎌지기까지 몇 번이나 흠칫거리는 순간들을 넘겨야 하는 거지. 자꾸만 사랑하고, 사랑하게 되면 이별해야 하는 게 잔인하다는 생각을 했다. 아무래도 선생님, 못 해 먹겠다. 잦은 이별은 적성이 아니다.

아무 일도 없기를 바라는 마음

영화 속의 주인공에게는 사건이 벌어진다. 재난에 휘말리거나, 친구를 잃거나, 가지고 있는 무언가가 없어지거나, 친구들과 다투거나, 소중한 사람과 헤어지거나, 갑자기 과학 실험을 당하거나, 번개 모양 흉터를 가졌는데 알고 보니 내가 마법사? 같은 식이다. 그런 뜨악스러운 이벤트들 속에서 주인공은 누군가와 협력하거나, 열심히 머리를 쓰거나, 사건을 해결하기 위해 노력한다. 멋진 조력자가 나타날 때도 있고, 엄청난 악당과 처절하게 싸울 때도 있다. 그 과정에서 그들은 슬퍼하고, 감동하고, 분노하며 무언가를 깨닫고 느낀다.

이 모든 것이 나에게는 너무 버겁다. 그래서 영화는 힘들다. 마음을 먹고 또 먹어야 겨우 1년에 한 편을 볼까 말까, 그마저도 영화관에서 보는 일은 손에 꼽는다. 나는 기승전결의 구조를 못 견디는 인간일까? 애초에 주인공이 용기를 내야 하는 상황이 없었으면 좋겠다. 아무것도 잃지 않고, 누구와 다투지 않고, 상실을 겪지 않았으면 좋겠다. 성장할 계기 같은 것이 갑자기 들이밀어지지 않았으면 좋겠다. 누군가가 희생하지 않았으면 좋겠고, 그 누구도 많이 슬퍼하거나 많이 분노하거나 많이 깨닫지 않았으면 좋겠다.

거창하고 멋지게 잘 살아보자! 하는 게 아니더라도 그냥 살기 위해서는 끊임없이 크고 작은 용기를 내야 한다. 가끔은 누구와 다투어야 하고 예상치 못한 상실에 다 그만두고 싶은 날도 있다. 갑자기 튀어나온 장애물들에 온몸을 부딪치는 날도 있고. 성장의 계기 어쩌고를 논하기에 아픈 일들이 많다. 희생이 필요한 순간도 있고, 분노에 찰 때도 있고, 어쩔 수 없이 참아야 하는 일도 있다. 영화의 주인공처럼 마법을 쓸 수도, 강철 슈트를 입거나, 멋진 조력자를 기대해볼 수가 없어서 더 막막한 순간이 있다.

그래서 그런 걸 굳이 영화 속에서 또 보고 싶지는 않아지는 거다. 얘를 보면 그때 나의 모습이 보이고, 또 쟤를 보면 쟤의 마음도 알 것 같고, 또또 다른 걸 보면 이해할 수 없었던 누군가가 이해될 것 같기도 하고. 걔의 고민과 흔들림과 슬픔과 도전이 꼭 온전히 나의 것이 된 것처럼 마음이 흔들리고 손을 꼭 쥐었다가 같이 눈물을 흘렸다가 마음이 아프고 벅찼다가 다시 아팠다가 거기 나오는 모든 존재(동물 및 사물, 기계 포함)들의 행복을 빌게 되고. 그렇게 영화가 끝나면 기진맥진하다. 긴장이 탁 풀려서 힘이 주르륵 빠진다.

주인공이 별생각을 안 하고 지내면 좋겠다. 아침식사로 뭘 먹을지, 오늘은 운동을 갈지 말지, 얼그레이 쿠키를 먹을지 브라우니 쿠키를 먹을지, 애인이랑 영상통화를 할지 그냥 음성통화를 할지 같은 것만 고민하는 애였으면 좋겠다. 그런 영화는 엄청 시시해서 나 말고 아무도 궁금해하는 사람이 없겠지만. 별다른 일 없이 안온하게 흘러가는 시간 속에서 자기를 따뜻하고 행복하게 만들어주는 것들을 챱! 양 볼에 욱여넣고 볼이 빵빵하게 행복했으면 좋겠다. 말랑말랑한 일상을 살았으면 좋겠다.

나의 어제와 나의 오늘은 말랑말랑하지 않아서, 더 그런 생각을 했는지도 모른다. 어제부터 거짓말 같은 소식이 많다. 너무 작아서 코로나도 비껴간 것 같았던 도시에 갑자기 확진자가 생겼고 눈을 감았다 뜨니 확진자가 8배가 되었다고 했다. 뉴스에서 우리 도시 이름이 나왔고. 휴대폰에는 재난 문자가 주르륵 꽂히고, 사람들이 괜찮냐고 물어봤다. 걱정이 되는 학생의 보호자들은 학생들을 학교에 보내지 않았고 아이들이 있어야 할 자리에는 담요랑 소지품만 덩그러니 있었다. 중간중간 파먹은 옥수수처럼 아이들이 빠진 자리가 좀 현실감이 없었다. 영화 같았다.

한 번도 들어본 적 없었던 사이렌 소리가 교실에 울리고 긴급 방송이 나오고 아이들을 집에 돌려보내라 했다. 확진세가 심각해서, 원격 수업 전환, 보호자와 전화 연락, 같은 소리만 드문드문 들렸다. 아이들을 집에 보냈고 한참을 멍하게 있다가 멍하게 원격 수업 준비를 하고 멍하게 아이들과 통화를 하고. 아무것도 할 수 있는 것이 없는 것 같았다. 아무것과도 싸우고 싶지 않고 용기를 내고 싶지도 않은데. 어딘가에 휘말린 것 같았다. 최대한 시시하게 아무 일도 없이 끝났으면, 잔뜩 긴장한 채 손을 꽉 쥐고 있다.

영화에서든 현실에서든 아무것도 잃어버리지 않고 싶다
는 볼 빵빵 욕심쟁이 같은 생각을 했다.

이토록 짜릿한 전화

교회(내 친구이다)가 교회인 이유는 삶이 팍팍하고 힘든 순간에 내가 그를 떠올리기 때문이다. 아마 교회에게 나 역시 교회나 절 같은 존재일 것이다. 우리는 행복할 때 서로를 찾지 않지만, 삶이란 자주 행복을 비껴나가 흐르므로 우리의 연락은 간헐적으로라도 주욱 이어졌다. 얼마 전 교회는 나에게 요즘은 전화 받는 게 힘들지 않냐고 물었다. 교회는 아직도 모르는 번호로 전화가 오면 심장이 덜컥, 한다고 했다. 언제 적 얘기를 지금까지 하냐고 핀잔을 줬는데 생각해보니 나도 교회랑 별반 다르지 않았다.

처음부터 우리가 전화를 피해 달아나는 인간이었던 것은 아니다. 대학 시절(그러니까 교회와 내가 불행하지 않을 때도 서로를 찾았던 시절)에 인생에 받아야 할 전화 할당량을 모두 받았을 뿐. 우리는 총학생회(총전화회로 명칭을 바꾸어도 좋겠다)라는 것을 함께했는데 그걸 하면 대학생이 받을 수 있는 모든 종류의 전화를 다 받을 수 있다. 어떻게 알았냐고? 나도 모르고 싶었다.

우리에게 전화를 한 사람들로는 업체(학교잠바 업체, 축제 공연 업체, 버스대절 업체……), 교직원(학생지원과, 학사과, 재무과, 교수회), 학생(때로는 학생의 아버지나 어머니일 때도 있음), 기자(가장 받고 싶지 않은 종류의 연락), 경찰서(여성청소년과), 교육청 혹은 교육부, 국회의원 사무실, 각종 광고업자(제휴업체 등), 법무법인 등이 있었다. 그들의 전화는 언제 어디에서 무슨 일로 올지 예측할 수 없었던 때가 많았으므로 전화 벨소리가 울리면 숨을 훅, 급하게 들이마시게 되었던 것이다.

급하게 씹어 삼킨 숨만큼이나 전화의 내용도 목에 턱 걸릴 만한 것일 때가 많았다. 상대방이 유쾌하고 행복하지는 않더라도, 어쨌건 나와 대화를 하고 싶은 상태라면 좋았을 텐데, 때로 전화는 상대방이 얼마나 화가 났는지를 일방적으로 표현하기 위한 수단이기도 했다. 그래서일까, 가끔은 내가 정말로 어쩔 수 없는 것에 대해서 얘기해야 했다. 같은 말을 열두 번씩 전화로 하고 있노라면 몸에 있는 모든 것이 수화기를 통해 줄줄 쏟아지는 것 같은 기분이 들었다. 그 시절은 애진작에 지나갔지만 여전히 모르는 번호를 보면 숨이 턱 막히는 건 아마도 그때 너무 많은 것을 줄줄 쏟아냈기 때문일 것이다.

모르는 번호를 거절해 용건을 남겨주시면 다시 전화 드리겠습니다, 같은 메시지를 보내면서 생각했다. 어쩌면 내가 견딜 수 없는 건 사실 전화가 아니라 대비할 수 없음에 대한 공포가 아닐까 하고. 전화를 쥔 상대방의 입에서 무슨 말이 나올지 조마조마하면서 머릿속으로 오늘 있었던 모든 일을 주르륵 굴리는 게 괴로운 것 같다는 생각. 어쨌거나 다시 전화를 할 거면서도, 나쁘지 않게 응대하고 꾹 끊을 수 있으면서도 왜 전화 앞에서는 숨을 고르게 되는지. 꼭 무슨 일인지 용건을 남겨달라고 말하는 건 역시나, 망하더라도 망하는 걸 미리 알고 싶은 마음인 걸까.

용건을 미리 아는 통화, 그러니까 미리 스포된 일정이라는 점에서 상담은 모르는 전화보단 나았다. 이미 어떤 학생의 보호자와 몇 시에 전화할 건지를 사전에 다 조율해둔 터였다. 스케줄표를 공유해서 각자가 자신에게 할당된 시간(30분)을 확인할 수 있도록 했다. 한 시간이 넘게 길어지는 전화를 받으며 종종거렸던 작년의 경험을 되풀이하지 않으려고. 그렇게 하고도 일주일 내내 많게는 여섯 통, 적게는 세 통의 전화를 해야 하는 건 좀 믿을 수 없지만.

　어쨌거나 상담은 너무 어렵고. 이때의 어려움은 앞의 전화 싫음과는 조금 다른데, 너무 빠르게 주파수를 획획 바꿔야 해서 고장나버린 라디오가 되어버린 기분이 들기 때문이다.

　상담은 옴니버스 영화와 어딘지 닮아 있다. 주인공이 너무 많고(26명), 획획 전환되며(30분), 주인공들은 배경(우리 교실?)을 공유하고, 같은 세계관 내에 있으나 각자의 이야기가 있다는 것. 문제가 있다면 내가 옴니버스 영화엔 젬병이라는 점? 주인공들의 서사를 겨우 따라가려 할 때쯤에 다른 애들이 튀어나와서 어안이 벙벙해지는 걸 몇 번 겪으면 김이 팍 샌다. 옴니버스 영화는 적어도 장르라도 일관적으로 유지되지만 상담의 경우 장르가 획획 바뀌고 그 장르를 캐치하는 것도 내 몫이기 때문에 훨씬 어렵다.

상담의 장르로는 추리물(아이 행동의 원인을 함께 추적해야 함), 시대극(칠삭둥이인지 여부, 한글은 언제 뗐는지 등 아이의 역사를 알게 됨), 영재발굴단(아이의 대견하고 영특한 면모를 끊임없이 알 수 있음), 반전공포물(학교와 집에서의 모습이 몹시 다름. 보호자와 나 모두 충격과 공포에 빠지게 됨), 장편영화(일단 길고 끝나지 않는 상담이 여기에 해당), 비극(몹시 슬프고 슬퍼짐), 코미디(지붕 뚫고 하이킥을 해야 할 것 같음), 판타지(믿을 수 없음), 독립영화(어쩐지 밑도 끝도 없이 괜히 술이 땡김) 등이 있다. (예를 줄줄이 열거하고 싶지만 상담으로 논문 한 편을 쓸 것 같아서 과감하게 생략한다.)

서로 다른 장르를 달려가는 얘기를 듣고 있자면, 어쩐지 그 아이가 살아왔을 시간들이 조금은 눈에 보이는 것 같다. 이런 면이 있구나, 이건 저래서 그랬던 걸까, 괜히 머릿속으로 찬찬히 굴려보게 된다. 좋아하지 않는 장르라도 상담이 끝날 때쯤에는 푹 빠져서 아이의 이야기 속에서 허우적거리게 되는 것이다. 그렇게 된 이상 아이를 미워하긴 글렀다. 획획 전환되는 이야기를 들으며 때로는 해학과 풍자를 꺼내들고 가끔은 뻔뻔하게 모르는 척을 하고. 다들 그렇지요 뭐 덤덤하게 말하기도 하고, 같이 웃고, 한숨 쉬고. 목소리가 덜덜 떨리는 걸 숨기려고 숨을 흡 참고. 같이 눈물을 훔치면서 너무 잘하고 계신걸요, 같은 말을 하기도 하고.

주인공들이 언제 슬픈지, 언제 기쁜지, 어떤 고민들을 하는지, 어떤 시간들을 거쳐왔는지 그런 걸 알게 되어 다행이다. 그렇게 생각하면서도 그 슬픔과 기쁨과 고민 속을 왔다 갔다 롤러코스터를 타는 것이 조금은 버겁다고 생각한다. 내가 채 가늠할 수 없는 시간들을 마주하거나, 해줄 수 있는 게 없다고 느껴질 때는 마음이 물먹은 솜처럼 추욱 늘어진다. 아이들이나 보호자의 힘들었을 시간을 마주할 때는 물리적으로 가슴이 욱신욱신 아프고. 그러면 안 되는 걸 알면서도 상담용 나(느끼함), 선생님 나(더 느끼함) 말고 진짜 내가 툭 튀어나와서 말을 하는걸.

아무튼 거기에서 채 빠져나오기도 전에 다른 전화를 해야 한다니. 이건 역시 버거운 일이 맞다. 반복했더니 정신과 육체가 모두 너덜거린다. 그렇지만 아무리 지쳐도 전화를 끊기 전에 잊지 않고 하는 말이 있다.

"제가 칭찬해도 애들은 으레 하는 말인 줄 알아요. 오늘 저랑 통화하셨으니까, 이따 아이 오거든 선생님이 너 지금 학교생활 너무너무 잘하고 있다고 하시더라─ 이렇게 얘기해주시면 좋겠어요."

아무래도 아이들이 가정에서 칭찬을 받아야 자기가 진짜 잘하고 있구나, 생각하는 것 같다고, 이 시기에는 선생님도 선생님이지만 보호자님의 말 한마디 한마디가 중요하다고, 뭘 되게 잘 아는 것처럼 말한다. 대충 대사까지 짜서 주문해놓는 것이다.

다음 날, 정말로 집에서 칭찬을 받고 온 아이들의 얼굴은 방금 뜬 달처럼 환해서 금세 티가 난다. 나랑 비밀이라도 생긴 듯 등 뒤를 쿡, 누르면서 배시시 웃으면 백 퍼센트, 보호자님이 과제를 열심히 하신 것이다. 신난 애들은 "어제 우리 집에 전화했어요?" 하고 짐짓 모르는 척 묻는다. 그런 날에는 유독 잔뜩 힘이 들어간 얼굴로 글씨를 또박또박 쓰거나,

발표를 한다고 손을 쭈욱 든다. 어쩜 이렇게나 투명하다니!

　복잡하다. 칭찬은 어떤 의미로든 평가일 수 있다고, 칭찬에 맞추기 위해서 노력하는 아이를 만들고 싶지 않다고 생각하지만. 지금 잘하고 있다고, 충분하다고, 너무너무 잘하고 있다고, 그런 말은 좀 해주어도 괜찮지 않을까. 그런 말을 집에서도, 학교에서도 해주고 싶어서 오늘도 상담 끝에 작은 수작을 부린다. 상담의 장르는 바꿀 수 없어도 아이의 오늘은 바꿀 수 있다고 생각하면서. 상담 전화는 이토록 짜릿하다.

계획 없이 사랑하는 마음

머리 위에 작은 표지판을 세우고 싶다. "위험! 다가오지 마시오." "전방 2m 내 어린이 보호구역, 감속", "낙하주의. 머리를 다칠 수 있습니다!" 같은 걸로. 뭐든 다가오려다가도 흠칫하게 되는 거라면 좋다. 사실 나는 누군가가 물리적 거리를 훅 좁혀오는 것을 무서워하기 때문이다. 손을 잡거나 어깨를 툭 치거나 하는 일상적인 접촉에도 순간적으로 확 굳어버린다. 쓰다듬는다거나 어깨에 기댄다거나 하는 쪽은 더 별로다. 나는 그 순간 경직되어서 제발 떨어져달라는 말도 못 하는 상태가 된다. 참 이상하지. 처음 보는 사람과도 곧잘 말을 하고 여럿이 모인 자리에서는 더 실없이 굴어 틈을 잔뜩 내보이면서도 상대방이 거리를 당겨오는 것은 견디지 못하는 것이.

"다가오지 마시오."는 꼭 물리적인 거리에 한정되는 것은 아니다. 모두와 비슷한 정도의 친밀도를 빠르게 형성하는 사람이 무섭다. 나는 아직 예열의 시간이 더 필요한데 상대방은 끓어 넘치다 못해 불도저처럼 밀고 들어올 때가 있다. 그러면 도망간다. 그 빠른 보폭을 쫓아가다가는 발이 꼬이고 넘어지고 말 거라는 걸 본능적으로 아는 거다. 나밖에 없다는 듯, 내가 너무나 중요한 사람이라는 듯 말하는 것에 이상한 두려움을 느낀다. 상대방이 나를 이해하지 못할 것 같아서, 내가 상대방이 기대하는 정도의 마음을 돌려주지 못할 것 같아서 비겁하게 도망을 생각한다. 어쩌면 경계를 풀어버린 내가 얼마나 취약하고 말랑한 사람인지를 잘 알아서 더 꼼꼼하게 벽을 세우는 것일지도 모르겠다.

아무튼 그렇게 오랜 시간이 걸리는 나의 세계에 불쑥 밀고 들어와 거리를 좁히다 못해 착! 안착해버린 존재가 있는데, 바로 우리 집 고양이 호두이다. 사실 그는 내 인생에 등장할 때부터 나에게서 떨어질 생각이 없어 보였다. 고양이라고는 관심도 없는 내 뒤를 졸졸 따라다니며 애옹- 애옹 소리를 내고, 내 신발에 엉겨 붙었기 때문이다. 내 관점에서는 하늘에서 떨어진 무례한 불청객 정도라 볼 수 있겠다. 심지어 무시하기에는 너무나 작고(200g) 무해한 데다(비 오는 날에 우는 아기 고양이라니), 사람들은 모두 수군대며 나를 쳐다보았다. (나 같아도 비에 쫄딱 젖은 새끼고양이가 누군가를 졸졸 따라간다면 쳐다볼 것 같다.)

몹시 당황한 내가 몇 번이나 그를 떼어내려 했지만 주관이 뚜렷한 그는 막무가내였고, 하는 수 없이 그를 안고 병원엘 갔다가, 임시 보호를 하게 되었다가, 결국에는 함께 살게 되었다. 왜 하필이면 그는 인간 중에서도 비우호적인 나를 골랐을까. 고양이에게도 "다가오지 마시오." 정책은 예외가 아니었고 나는 좀 까칠한 인간이었을 텐데 말이다. 첫날부터 나는 그의 임시 거처를 나의 생활반경과 좀 떨어진 곳에 마련해주었다. 그런데 그는 그 거리 두기가 무색할 정도로 스멀스멀 나에게 다가왔다. 재워두고 눈을 떠보면 이불 위에 있었고, 과제를 하고 있으면 노트북 위로 슬금슬금 올라왔다. 시간이 갈수록 그는 주관이 뚜렷함을 넘어서 고집쟁이 임이 드러났는데 낯선 존재의 접근에 화들짝 놀란 내가 자리를 옮기거나 데면데면 굴어도 꿋꿋하게 내 근처에 자리를 잡았기 때문이다. 정말 지칠 줄 모르는 애정 공세였다.

그는 내 조그마한 틈들에 대뜸 머리를 밀어 넣었고 막무가내로 사랑을 요구했다. 인간 중에서는 나만 좋아하는 듯 보였다. 귀여운 그의 모습에 반해 우리 집에 놀러 오던 다른 친구들이 장난감이고 간식이고를 갖다 바쳐도 딱 적당한 정도로만 반응했다. 때로는 몹시 시큰둥해 보였다. 꼭 내 손에 올려진 츄르만을 먹었다. 놀러 온 누군가가 문을 닫고 나가면 그제야 다시 기분이 좋은 듯 나에게 몸을 비비곤 했다. 나밖에 없어 보이는 건 정말 최악인데 싫다가도 사실 고양이에게 달리 뭐가 있을 수 있겠는가. 도무지 어쩔 도리가 없었다. 계획 없이 고양이를 키우게 된 것처럼 계획 없이 그를 사랑하게 되었다. 잠시라도 떨어지면 죽는 것처럼 구는 그에게서 잠시라도 떨어지고 싶지 않아졌다. 아마 이 모든 것이 그의 계획이 아니었을까.

함께한 시간이 2년이 넘어가는 지금도 그는 늘 내 무릎 위에서 그루밍을 하고 몸을 동그랗게 만다. 내 어깨 위에 팔을 걸기도 하고, 때로는 두 손으로 목을 감싼다. 흠, 아무리 그래도 글 쓸 때는 좀 내려왔으면 좋겠는데. 문득 내가 그의 무선충전기 같은 것은 아닐까 생각했다. 나라는 인간과 그에게 무언가 연결된 부분이 있어서 나와 접촉해야 그가 충전되는 것이다. 그렇지 않으면 이렇게 매일 꾸준히 머리를 들이밀 수가 없을 것 같다. 고양이를 충전시킬 수 있는 인간이라니. 호그와트 입학 허가장을 받지 못한 이래로 좌절당한 마법사의 꿈이라도 이뤄진 듯 약간은 뿌듯한 마음이 든다. 아니다, 사실 특별한 건 내 쪽보다는 호두 쪽인 것 같은데. 사실 그가 모종의 미션을 갖고 파견된 비밀요원은 아닐까.

호두가 비밀요원이라면 모든 것이 들어맞는 것 같다. 고양이 세계에서 어떤 미션을 받아 지구로 파견된 호두가 임무를 완수시키기 위해 나를 찾아온 것이다. 미션이 너무 쉬우면 시시하니까 좀 비우호적인 인간으로 타깃이 설정되었고 호두는 훌륭하게 그 인간과의 동거를 이루어낸다. 소나기를 뚫는 어려움이 있었지만 포기하지 않는다. 그는 포기를 모르는 고양이 세계의 비밀요원이니까. 매일 그는 나와 접촉하며 고양이 세계에 에너지를 공급한다. 그의 스킬은 등반하기, 안착하기, 매달리기, 누르기 정도로 하면 좋겠다. 고양이 무술 학교에서 몇 년간 수련한 것이다. 그래서 그는 자신의 '애착인간'이 조심성이 없거나 비협조적으로 굴어도 절대로 떨어지지 않을 수 있다.

내 허벅지가 아무리 흔들려도 그 위에서 편안하게 그루밍을 할 수 있는 것은 수련의 결과이다. 작은 팔과 다리를 어깨에 걸어서 올라가는 것도, 때로는 목도리처럼 어깨 위에 자리를 잡는 것도 고양이 세계의 수석비밀요원쯤은 되어야 할 수 있는 기술이다. 정신력도 상당하다. 어떤 상황이라도 저 애착인간이 나를 해하지 않을 것이라 믿는 것이다. 그래서 과감한 미션 수행도 가능하다. 꾹꾹 나를 밟고 다니면서 편안한 곳에 자리를 잡는다거나, 외출하려는 나의 다리에 매달린다거나. 그렇게 나와 닿아 있을 때 발생하는 에너지로 고양이 세계는 굴러간다. 고마워요, 호두 요원! 거리 곳곳에는 오늘도 고양이 세계를 위해 노력하는 호두 요원의 사진이 걸려 있고. 흠, 이건 좀 구린데. 아무튼 오늘도 고양이 세계는 안전한 것이다.

그런 생각들을 하고 있다가 호두야, 아니 호두 요원, 하고 그를 불렀다. 그는 웬 실없는 소리냐는 듯 낮게 애-옹- 하며 나에게 코를 갖다 댄다. 촉촉한 코와 보송한 털이 얼굴에 가득 와닿는다. 흠, 사실 그가 바라는 것은 고양이 세계의 평화나 안녕이 아닐지도 모른다. 나와 눈을 맞추는 시간이라든가, 잠깐 낚싯대를 흔들어달라는 것이라든가, 습식사료라든가, 뭐 그런 것은 아닐까. 어떤 쪽이든 좋다. 하던 일을 멈추고 다신 없을 것처럼 그를 쓰다듬는다. 골골거리는 소리를 내며 다시 그가 나에게 머리를 비빈다. 사랑스러운 나의 비밀요원. 좀처럼 마음에 다른 존재를 들일 자리라고는 없는 사람이라고, 다가오지 말라고 자조적으로 말하면서도 그에게는 내가 좀더 따뜻한 애착인간이기를 바란다.

어쩌면 미션을 받은 것은 호두가 아니라 내 쪽일지도 모르겠다. 나와 함께하는 시간 동안 호두가 행복할 수 있도록 하는 것. 비밀요원도 아니고 특수 기술 같은 것도 없는 시시한 직장인이지만 그 미션은 완수해보려고 한다. 오늘도 나에게 몸을 비벼올 그를 조금 더 쓰다듬어주고 조금 더 사랑해야겠다.

내가 싫어하는 것들을 생각하다가

피구가 정말 싫다. 공 하나만 있으면 할 수 있는 게 피구라지만, 공을 친구에게 세게 던져서 맞춰서 아웃을 시켜야 이기는 게임이라는 게 비교육적인 느낌이다. 무엇보다, 피구는 공을 피하게 만든다. 날아오는 공을 보며 움츠러들고 자꾸만 자꾸만 피하게 되니까, 공이랑 자꾸만 멀어지도록 하는 게영 별로다. 내가 초등학생일 때에는 남자는 축구를, 여자는 피구를 하라고 했다. 지금은 그러지는 않는 모양이지만, 그래도 애들이 피구를 하고 왔다 그러면 괜히 싫다.

중앙 현관으로 못 다니게 하는 거 정말 싫다. 문은 지나다니라고 만들어놓고는, 못 지나다니게 하는 건 웃기다. 중앙 현관으로는 내빈들이 많이 다니니까 다니지 말라고 한다. 통행량이 많아서 아이들끼리 부딪힐 수 있다고 한다. 차라리 부딪히지 않게 질서 있게 다니라고 한다면야 당연히 그래야 겠지만, 내빈들이 학생보다 우선이라는 건 이해가 안 된다. 무엇보다 나도 이해가 안 되는 걸 지키라고 말해야 하는 거 정말 싫다.

교실 창문에 뭐 붙이지 말라고 하는 것도 싫다. 우리 반 창문이 지저분하다고 지적을 들었다. 애들이 만든 미니언즈 캐릭터를 창문에 덕지덕지 붙여놓았다고 떼라고 하셨다. 그렇지만 교육 활동의 결과물을 교실에 붙이는 게 대체 왜 지저분한 건지 나는 모르겠다. 나랑 애들은 그 미니언즈가 마음에 들어서 사진도 계속 찍었는데 말이다. 우리 반이 생각하는 미의 기준과 교장·교감 선생님이 생각하는 미의 기준이 다를 수 있다는 건 알지만, 그래도 미니언즈를 떼야 하는 건 싫다. 진짜 싫다.

가끔은 교과서가 싫다. 교과서에 나온 애들은 이상한 놀이를 한다. 고무줄로 도형을 만들면서 놀고 수 세기 놀이를 한다. 애들은 누가 이러고 노냐고 한다. 맞아. 애들을 진짜 많이 봤지만 수 세기 놀이를 하거나 달력을 찢으면서 숫자를 추측하는 애들은 한 번도 못 봤다. 현실 고증이 0에 가까운 교과서 속 아이들을 보면 괜히 머쓱해지고. 그런 교과서를 보면서 문제를 풀어야 하는 게 가끔은 싫다.

또 또 뭐가 싫지. 유독 지겨운 국어사전 단원 싫다. 익힘책에 숨어 있는 깜짝 문제 싫다. 학교에서 진행하는 사업들의 구린 네이밍이 싫다. '진로 찾Go! 적성Job고!' 이런 거. 철 지난 유행어랑 줄임말을 남발하는 사업 정말 싫다. 먼지가 풀썩풀썩 날리는 칠판도 별로고(목이 아프다), 매달 '내 PC 지킴이(보안 점검 프로그램)'를 해야 하는 학교의 느린 컴퓨터도 싫다. 소리가 잘 들리지 않는 내선 전화기가 싫다. 또 뭐가 싫더라.

사실 나는 교실 속의 내가 싫다. 어느 날은 정말 무엇이든지 다 해낼 수 있는 기분이 들다가도 아이들의 행동 앞에 말 앞에 쉽게 후욱 무너지는 내가 싫다. 어떻게 그런 말을 해.

어떻게 그런 행동을 해. 같은 생각이 불쑥불쑥 들 때 그걸 꾸욱꾸욱 누르는 내가 싫다. 모든 것을 바꿀 수는 없다는 걸 알면서도 무엇 하나도 바꾸지 못할 것 같을 때는 정말 내가 싫다.

가장 싫은 건 학교의 싫은 점들을 열심히 떠올려봐도 그래도, 그래도 하고 생각나는 사랑스러운 순간들. 지연이가 어제 써준 편지, 눈이 마주칠 때마다 힘내세요, 하는 지산이. 이솝이랑 승은이랑 놀이 매트에서 그냥 수다 떨던 일, 유난히 합이 잘 맞았던 수업, 애들의 웃는 얼굴. 투덜투덜 교장 선생님을 탓하면서 미니언즈를 떼면서도 눈이 마주치면 깔깔깔 웃던 아이들과의 시간. 사랑할 수밖에 없는 교실의 풍경들.

싫은데 좋고, 좋아서 싫은, 그래서 이상한 학교에서의 순간들. 별 대단한 일을 하고 있지는 않지만 할 수 있는 데까지는 하겠노라 잘근잘근 입술을 씹었다.

호랑님이 주최하는 무도회

가끔 동화나 동요는 현실보다 더 현실적이다. 산중호걸 정도
가 되면 당연히 이름 뒤에 님 자가 붙는다. 생일날에 무도회
씩이나 열 수 있다는 점이 그렇다. 무도회는 무려 공원에서
각색 짐승을 모아두고 열린다. 자신의 탄생일 같은 사적인
이유로 공유지를 빌리고 누군가를 소집하다니. 권력은 인간
의 세계에서도 동물의 세계에서도 불가능한 일을 가능하게
만든다. 아니 좀더 정확히는 안 해야 할 일을 하게 만든다.
태어난 건 호랑님인데, 왜 여우랑 토끼가 무도회에 참석해야
하는지. 호랑님의 탄생이 무도회를 열 만큼 신나는 일인지.
무도회가 각색 짐승들에게도 과연 신날 거라 생각하는지. 애

꽂은 노래와 호랑님에게 짜증을 내본다.

아무튼 이 산중의 무도회에서 연주와 춤을 맡은 것은 호랑님이 아니라 여우와 토끼이다. 역시 어떤 행사이든 갈려 나가는 것은 실무자라는 것을 느낄 수 있는 대목이다. 신나서 행사를 열었으면 본인이 쇼를 하든지. 결국 접대용 흥 내기는 한입거리 놈들이 하는 것이 좀 슬프다. 아마 여우와 토끼는 물론이고 소집당한 동물들은 호랑님의 생일을 축하하려던 쥐꼬리만 한 마음도 싹 가실 정도로 싫을 것이다. 다들 나갈 타이밍만 보고 있을지도 모른다. 호랑님이 욕을 많이 먹어서 오래 살고자 계획한 것이라면 성공했다. 그날 수명이 30년은 더 늘었을 테니까. 아마 여우랑 토끼도 퇴근해서는 욕을 내뱉으며 블로그에 투덜투덜 글을 썼겠지.

토끼와 여우에 과하게 감정이입하는 것 같지만 내 포지션이 춤추는 토끼나 탬버린 치는 여우인데 어쩌겠는가. 팔은 안으로 굽고, 산중의 공원 무도회나 회식이나 나는 별반 차이를 모르겠다. "독려하는 자리", "누구의 생일", "기쁨을 나누며" "회포를 푸는" 회식이 있다 하면 늘 그게 나에게도 기쁜 일인지, 회식이 과연 기쁨을 주는 일인지, 내가 꼭 참석해야 하는지 궁금하다. 처음에야 나도 열심히 했었다. 그런데 이건 열심히 할수록 보스몹이 더 진화하고, 플레이타임이 길어지는 류의 게임이더라. 어? 바이올린도 연주하네? 첼로도 해봐~! 같은 식인 것이다. 최대한 전화기를 꺼놓고 노래에 등장하지 않는 비버가 되는 것이 생존에 유리하다. 그럼에도 가끔씩은 끌려오지만.

끌려오면 요상한 방식으로 존재 가치를 입증해야 한다. 권주사, N행시, 노래, 춤, 장기자랑…… 보통 우리 호랑님의 스테이지는 노래방이다. 그런데 이건 정말 고난도다. 가장 어려운 것은 선곡이다. 나의 호랑님이 기쁘셔야 하기 때문이다. 너무 처지지 않고, 너무 까불까불하지 않고. 적당한 "찐짠 찌기찌가찐짠"의 정도는 무엇인지? 그냥 누가 정해주면 좋겠다. 아무도 모르는 노래는 안 되고, 너무 당돌한 노래는 안 되고. 지난번에 불렀던 거 또 부르면 안 되고. 그렇게 다 제하다 보면 나의 취향과는 백만 광년 떨어진 적당한 트로트를 덜덜 떨면서 부르거나, 요상한 직각으로 팔을 흔들며 정중하게 탬버린을 연주하게 된다. 흠, 아마도 여우와 토끼

쪽도 노래와 춤을 정하는 데 애를 깨나 먹었을 텐데. 트월킹을 출 수도 없고, 너무 조용한 춤도 안 되고. 하다 보면 남는 것은 적당히 흥겨운 율동 정도 아니었을까. 그마저도 호랑님의 표정과 반응을 지켜보면서 아슬아슬. 야, 너네도 힘내라 진짜.

사실 내가 이런 걸 아예 못하는 건 아니다. 오히려 나는 잘한다. 저런 무도회에서 그냥 바이올린을 시켜도 네, 모차르트 바이올린 협주곡 제3번 G장조 KV.216 1악장 들려드리겠습니다─ 해서 좌중을 휘둥그레하게 만들 수 있달까. 직장 이름으로 3행시 짓기, 선배 이름으로 3행시 짓기에는 도가 텄다. 사실 처음 보는 사람이 있어도 직급만 알면 대충 3행시를 지을 수 있다. 탬버린을 흔드는 적당한 세기와 빠르기, 각도도 마스터했다. 듣고 싶은 말을 할 수도 있다. 가끔 마음이 동하면 열심히 하기도 한다. 예전엔 몇 번 그랬더니 선배가 우리 여우가 자기를 그렇게 생각하는지 몰랐다며 눈물을 글썽거리며 손을 붙잡기도 하더라. 나를 볼 때마다 예전의 자기를 보는 것 같다나. 아니 이 정도면 내게 재능이 있는 것 아닌가?

근데 문제는 그렇게 호랑님들의 마음에 들게 "짠짠 찌기 찌가짠짠"을 한 날에는 꼭 더 괴로워진다는 것이다. 취하고 싶어서 많이 마셔도 그런 날은 취하지도 않는다. 그래 내가 하고 싶을 땐 또 잘할 수 있다니까, 생각하려고 해도 내가 정말 하고 싶었나? 호랑님이 한 입을 떼면 내 직장생활이 피곤해진다는 것을 몇 번 경험하고는 두 배쯤 무기력해졌다. 바이올린 삑사리 나면 뒷일이 곤란해지는 여우랑 내가 얼마나 다른지 잘 모르겠다. 어쩔 수 없이 해야 하는 것들은 어디까지 잘해야 하는 것일까? 뭐 어려운 일이라고 어차피 잘하는 일, 해주자 하는 마음과 그중에 잘난 체하는 한 놈이 되어 뒷일 없이 까불거리고 싶은 마음과 너무너무 지쳐버린 마음이 싸운다. 스텝이 어지럽게 꼬인다.

모르겠다. 그래서 어제는 적당히 웃다가, 적당히 정색하다가, 적당히 깔깔거리고, 적당히 환타를 마시다가 중간에 대충 도망갔다. 내가 호랑님이 된다면 무도회는 안 해야지, 이를 바득바득 갈았다. 바이올린 연주도 춤도 권주사도 3행시도 다 구리니까 없앨 것이다. 아니 내가 호랑인지 뭔지도 아무도 모르도록 해야지. 내 생일 같은 건 아는 이가 적을수록 좋을 것이다. 쓸데없이 비장한 다짐을 했다. 급하게 먹은 탄산음료에 속이 부글부글 끓었다.

— 토끼의 비밀

토끼는 음주를 강권하는 직장에 다녔고 어느 때든 간을 탈·부착할 수 있게 되었다. 어느 날 회식을 끝낸 그는 충혈된 눈으로 거울 앞에 서서 장기 점검의 시간을 가졌다. 간이 시커멓게 변해 있었다. 시커먼 끝을 비틀자 간은 또옥 하고 떨어졌다. 그는 떨어진 간을 보고 간이 떨어질 뻔했으나 사실 간은 이미 떨어졌으므로 또 떨어뜨릴 수는 없었다. 아무튼 그는 간을 뗄 수 있었기에 그것을 욕실 선반에 보관하고 회식에 다녀왔다. 가끔 간을 빼지 않은 채 회식을 가게 되면 간을 다시 또옥 떼서 탈탈 털고 말려서 넣었다.

토끼는 목표 달성 어플리케이션 중독자였다. 회식을 마친 그는 자그마한 책상에 앉아서 '감사한 일 찾기 챌린지'를 켠 뒤 〈1. 간이 떨어질 일이 있어도 간이 또 떨어질 수 없어서 감사합니다. 2. 간을 탈탈 털어 말릴 수 있어서 음주를 해도 괜찮습니다. 감사합니다.〉를 썼다. 때로 그의 간이 탈·부착이 된 것을 아는 친구들은 음주 강권하는 직장이 가져다준 역량 개발의 찬스라며 낄낄거렸다. 토끼도 그거야말로 전문성이라고 늘 같이 농담을 했다. 그래도 감사한 일에 〈음주 강권하는 직장에 다녀서 감사합니다.〉라고 쓰지는 않았다. 그것이 토끼의 비밀이었다. 챌린지가 끝나면 26원 정도의 상금을 받을 수 있을 것이었다.

― 미운 놈과 떡 하나의 비밀

'미운 놈 떡 하나 더 준다'에서 미운 놈과 떡의 상관관계를 살펴보아야 한다. 미운 놈이라서 떡을 하나 더 받을 수 있었던 것인지 떡을 받기 위해서 미운 놈이 되어야 했던 것인지. 후자라면 미운 놈 되기는 그의 생존 전략일 수 있겠다. 하지만 미운 놈이 떡을 하나 더 받기 위해 미운 놈이 되었다는 것이 알려지면 모두가 미운 놈 되기 전략을 따라 할 터였다.

미움이란 모두 상대적인 것이므로 모두가 미워지면 미운 놈은 평범해지거나 좋은 놈 축에 들어가게 될지도 몰랐다. 그가 받는 미움이 분산될 위기에 처할 것이었다. 떡은 하나인데 n분의 1을 해야 할지도 몰랐다.

그래서 그는 미운 놈보다 더 미운 놈이 되기로 했고, 그래서 그를 모방하는 이들도 미운 놈보다 더 미운 놈이 되기로 했고 그렇게 남은 놈들은 모두 미운 놈, 미운 놈보다 미운 놈, 미운 놈을 따라 하는 미운 놈, 미운 놈, 또 미운 놈, 더 미운 놈, 떡 주는 미운 놈, 떡 받는 미운 놈.

밉지 않은 놈들은 떡을 받지 못해 회사를 그만두었고 결국 회사에는 미운 놈들밖에 남지 않았다. 여기에서 비밀은 당신이 회사에 미운 놈들밖에 남지 않았음을 알더라도 모르는 척해야 함에 있다.

— 떡 줄 사람과 김칫국의 비밀

떡 줄 사람이 생각하지 않으면 김칫국을 마실 수 있다. 따라서 전략은 두 가지이다. 떡 줄 사람으로 하여금 떡을 주도록 하여 떡을 받거나, 떡 줄 사람이 생각지 못하게 하여 김칫국을 받거나. 즉 이것은 떡과 김칫국이라는 메뉴를 선택하는 문제인 것이다. 당신이 떡도 김칫국도 필요 없다면 이미 배가 부르거나 목이 메는 일이 없는 것이다. 축하한다. 그러나 사회생활은 배가 고프거나 목이 메거나 둘 다거나를 반복하는 일이 아닌가. 당신도 언젠가는 떡 줄 이와 김칫국에 대해 생각할 날이 올 것이다.

떡을 받기 위해서는 미운 놈이 되어야 하므로 ('미운 놈과 떡 하나의 비밀' 참고) 김칫국을 받기 위해서는 좋은 놈이 되면 되는가? 이 함정에 말려들어서는 안 된다. 좋은 놈이 된다면 떡 줄 사람은 당신을 '좋은 놈이군.' 하고 생각할 것이기 때문이다. 좋은 놈에게는 보통 주인을 잃은 일을 주거나 아무것도 주지 않는다. 김칫국을 위한다면 그가 당신을 생각해서는 안 된다. 그렇다고 "절 생각하지 마세요!" 같은 말을 곧이곧대로 해서는 안 된다. 그럼 당신은 '이상한 놈이군.' 낙인찍힐 것인데 미운 놈은 떡을 받을 수 있지만 이상한 놈은 아무것도 받지 못하거나 역시 일을 받는다.

그럼 어떻게 하라는 것인가?

비밀이다.

호두야 알려줘

이 정도 일에는 이 정도의 슬픔이.

이 정도의 일이라면 딱 요 정도의 무기력이.

슬픔과 동요에도 어떤 자격이 필요한 것처럼 잣대를 들이미는 건 좀 잔인하다.

힘이 드는 건 마음의 상태라서 그저 느끼거나 알아차리게 될 뿐인데. "별것도 아닌 일"로 이만치나 흔들리다니, 하며 스스로를 의심하게 되는 건 곱절로 기운이 빠지는 일이다.

애초에 뭐가 별일인진 누가 정하는데?

꼭 별일이라서 힘들어야 하나. 날 힘들게 하면 그게 별일인 거지.

　얼마나 힘든지를 어떻게 설명해야 누군가들을 납득시킬수 있는지는 모르겠고. 굳이 납득시킬 이유가 없는 것들을설명하고 있을 때는 자꾸만 작아진다. 4월쯤이었나? 한참올라간 갑상선 수치를 보고, 다음 학기에 휴직하겠다고 말했다. 나는 지쳐 있었고, 드문드문 느껴지는 보람에 대롱대롱매달려서 버티다시피 하루를 보내고 있었다.

　애들은 자꾸만 무슨 유튜브를 보고 뜻을 제대로 아는지도의심스러운 성적인 노랫말들을 불러대고, 또 서로에게 뜨악스러운 말들을 하고. 나는 매일 몸싸움하는 애들을 뜯어말리고. 때로는 같이 싸우듯이 뭐라고 하고. 매일 조용히 좀 해줘, 같은 말을 하고 제발 앉아줄래? 하고 가끔은 내가 무얼하는지 모르겠고. 애들에게 내가 해주는 말들을 스스로에겐전혀 해주지 못하는 날이 반복되고.

　진작 전원을 한두 번 껐어야 했는데, 절전모드로 초절전모드로 그냥 자꾸만 자꾸만 버티듯이 보내온 시간들은 깜박

깜박 이제 한계라고 더 이상은 안 된다고 악을 지르듯 조여 왔다. 숨을 쉬다가도 숨이 훅, 막히는 날들. 조여들 듯이 세계가 까매지는 순간들. 주르륵 눈물이 나거나 갑자기 가라앉는 일들이 그냥 다 너무나 버거웠다.

교감 선생님은 날더러 우리 반 정도의 인원수는 그렇게 많은 것은 아니며, 조금 큰 도시만 가더라도 학급 인원수는 다 비슷비슷하다고 했으며, 나의 업무량이나 스트레스는 휴직을 고려해야 할 정도가 아니라고 말했다. 누군 어제도 초과근무를 했어, 큰일들은 다 맡아서 하는 사람들이 있잖아ㅡ 하고.

나의 멍청한 점은 그런 말들을 다 녹음해놓지 못했다는 것이다. 뜨악한 말을 들으면 내가 지금 듣고 있는 게 대체 뭐야? 하고 같이 당황해서는 어버버거리기나 했지. 어물쩍 넘어간 말들은 너무 무겁게 마음에 가라앉아서 물기 없이는 뱉어낼 수 없게 되어버린걸. 못 뱉은 말들이 나를 찌를 줄 알았으면 악 소리라도 내볼걸 그랬다.

악 악 악 악 악

학급 문제 해결을 위해 집단 상담을 받았다. 상담 선생님은 아이들도 아이들이지만 선생님이 상담이 필요하신 것 같다고 조심스레 말을 건넸다. "선생님, 많이 힘드시겠어요." 하는 상담 선생님의 한마디에 눈물이 터져버린 건, 못 버티고 있는 나를 자꾸만 자책해왔던 시간들이 아프게 나를 눌러서였을까. 잘 모르겠다.

지금까지와는 다르게 살고 싶다. 아마도 버티지 못하겠다는 것을 인정하는 게 시작일지도 모르겠다. 지금 겪는 상황은 전문가의 견해로도 "애들만 딱 더블"이라든가 "누구나 다 이 정도는 겪는" 일이 아니다. 굵직한 일을 다른 놈이 하거나, 다른 놈들이 다 힘들다고 내가 안 힘든 것도 아닌데 뭐 어쩌라고요. 내가 힘들다는데 더 얹어주는 말까지 신경 쓰진 않을란다.

(물론 지금 이 순간에도 신경 쓰고 있음.)

의무나 책임, 생산성이 있거나 누군가를 위하는 일은 좀 덜 하고 싶다. 내가 하고 싶은 건 전혀 할 필요가 없는데도 하고 싶은 거. 쓸데없는 허송세월. 기왕 망할 거면 덜 버둥대며 망하기. 애초에 내가 하고 싶다고 생각하는 게 내가 진짜 하고 싶은 것인지 그런 거나 좀 생각해봐야겠다. 사실 뭘 하고 싶은지 잘 모르겠으니까.

어깨에 호두를 그렸다. 정말로 할 필요가 없지만, 하고 싶어서.

아마 지금부터 시작일지도 몰라. 매 순간 호두와 함께 있으니까.

좋은 것만 보여줄게.

좋은 곳에만 데려갈게.

하기 싫은 일을 덜 할게.

살아 있다는 걸 매 순간 느끼는 삶을 살게.

물론 어떻게 해야 하는지는 역시 잘 모르겠다. 호두가 알려주면 좋겠네.

언니에게

언니. 안녕.

굳이 새삼스럽게 왜 언니라는 말을 해? 하겠지. 그렇지만
한 번쯤은 언니라고 불러보고 싶었어. 나 지금처럼 주변에
언니가 많았던 때가 없거든. 언니도 알겠지만 나는 뻔뻔해
서, "언니라고 부르는 게 좋아요?" 같은 걸 묻고도 친구를 해
버리잖아. 때로는 그런 절차까지 다 생략해버리는 당돌한 동
생이지만. 친구 하나를 콕 찝어서 내 얘기를 들어줘! 하려니
영 미안해서 오늘은 마음속의 언니들을 모두 불러보려고 해.

어느 날 내가 머리를 대뜸 잘라버렸을 때 언니는 많이 놀랐어? 무슨 일이냐고 그랬지. 아마도 그랬을 거야. 나는 머리를 치렁치렁 길러서 폴라포 색깔로 염색을 했다가 파마를 했다가, 잠시도 가만두지 않았으니까. 그맘때쯤 나는 거의 평생의 과업이었던 다이어트랑 이미 손에 익어버린 화장도 그만두었어. 처음에는 나도 엄청 낯설었다? 내 얼굴이 너무 밋밋해 보이는 거야. 도무지 적응이 되지 않았어.

그렇지만 화장은 그만둘 수밖에 없었어. 첫해에는 6학년을 맡았는데, 애들이 틴트를 안 가져왔다고 불안해하더라. 수업시간이라 친구들한테 빌릴 수도 없으니까 입술을 잘근잘근 깨물어 빨갛게 만들더라고. 나는 그때 아무 말도 할 수가 없었어. 그 불안함이 뭔지 알 것 같았거든. 또 하루는 학교에서 텐트를 치고 야영을 했었다? 세수를 하는 애들한테 말을 걸었어. 애들은 "아 쌤, 지금 완전 쌩얼이에요!" 하면서 얼굴을 가렸어. 부끄럽다는 거지. 그때 걔네는 열세 살이었어. '쌩얼'이 부끄럽단 생각을 언제부터 하게 되었을까?

다이어트도 그래. 해마다 아이들은 다이어트를 해야 한다면서 급식을 남겨. "선생님은 말라서 좋겠어요. 한 번도 살쪄본 적 없죠." 같은 말 앞에서 나는 무슨 대답을 했었어야 할까. 애들은 뭐 하나 먹을 때마다 봉지를 뒤집어서 이거 몇 칼로리다 몇 칼로리다 말하는데. 사실 나도 기억나지 않을 때부터 그래왔거든. 살이 찌는 게 무서웠어. 말랐다는 말을 칭찬처럼 하잖아. 다이어트를 자기 관리라고 여기니까. 살이 찌면 큰일이 날 것 같았어. 괜히.

나를 진짜 괴롭혔던 건 애들의 모습에서 계속 내 모습이 보였다는 거야. 교직원 회의 전에 급하게 입술이라도 바르려고 하는 내 모습, 아침을 거르면서도 꼬박꼬박 피부 화장을 하고 출근하던 내 모습, 음식을 앞에 두고 칼로리를 고민하는 나의 모습이 애들의 모습과 무엇이 다를까. 애들이 왜 이런 생각을 하게 되었을까, 하는 고민을 나를 떼놓고 할 수가 없었고 그래서 괴로웠어. 그건 내 모습이었고, 언니의 모습이었으니까. 어쩌면 우리 모두의.

언니. 나는 너무 먹먹했어. 화장하는 게 몽땅 잘못되었다는 말이 하고 싶은 건 아니야. 화장을 하는 아이들의 모습이,

'어리기 때문에' 통제의 대상이 되어야 한다는 건 더욱 아니고. 그렇지만 쌩얼은 부끄러운 것이고, 살은 빼야 하고, 입술은 빨개야 하고, 그게 아이들에게 당연하게 여겨진다면 그건 잘못된 거 아니야? 꾸미지 않은 게 이상하고 부끄러운 상황에서, 꾸미는 것에 자유라는 말을 붙일 수가 있을까. 자유는 선택의 여지가 있을 때 성립하는 말이잖아. '꾸미지 않음'이라는 선택지는 없는 것 같았어. 적어도 그때의 나와 그때의 아이들에겐.

무엇보다도 내가 거기에 책임이 있다고 느꼈어. 외모에 집착하고 꾸미지 않은 모습을 부끄러워하는 내 모습은 아마도, 꾸밈이 자유일 수 없도록 하는 데 한몫했겠지. 그런 생각을 하니 너무 부끄러웠어. 그래서 나는 그만두게 된 거야. 입술을, 블러셔를, 눈썹을, 피부 화장을, 긴 머리를. 멋지게 꾸미는 어른들은 많으니까. 꾸미지 않는 여자 어른의 모습도 있다고 보여주고 싶었어. 어쨌건 그게 꼭 당연한 건 아니라는 걸, 다른 선택지도 있다는 걸 이야기하고 싶었던 것 같아. 지금 생각해보면 그래.

언니, 내가 처음 선생님이 되었을 때 했던 이야기를 기억해? 애들이 나보다는 나은 세상에서 살기를 바란다고, 내가 선생님으로서 할 수 있는 건 애들이 나랑 같은 어려움과 상처를 받지 않도록 하는 것 같다는 거. 그 생각은 지금도 똑같아. 물론 내가 썩 좋은 선생님은 아닌 것 같지만. 애들이 입술 안 발라도 아파 보인단 얘기 안 들으면 좋겠어. 옷에 몸을 맞추려고 건강을 망치지 않았으면 좋겠고. 머리가 짧은 운동부 애들이 남잔지 여잔지 묻는 말을 덜 들었으면 좋겠어. 내가 화장을, 다이어트를, 꾸밈을 안 하는 게 적어도 하나의 선택지나 예시는 될 수 있지 않을까. 나는 그렇다고 믿고 싶어.

이 문제는 그래도 나은 편이야. 내가 할 수 있는 게 미미하게라도 있으니까. 어쩌면 언젠가는 매일매일이 다이어트였던 이야기라든가, 화장을 안 하면 연필로라도 눈썹 그렸던 이야기 같은 걸 '라떼는 말이야'처럼 할 수 있을지도 모르겠다. 애들이 하나도 공감을 못 하고 엥? 하는 날을 기대할 수 있을 것 같잖아. 그렇지만 어떤 문제들은 그때도 지금도 계속해서 제자리걸음을 하는 것만 같아. 사실 무엇보다 나를 힘들게 하는 건 그런 거야.

언니한테 내가 어디까지를 말할 수 있을까. 학생 대상으로 성희롱을 한 교사는 직위해제가 되었다가 은근슬쩍 다른 학교에 복직을 했대. 어떻게 그럴 수가 있나 싶지? 근데 어떤 인간들은 가해자가 젊고 유능했는데 승진은 글렀다고 안타까워해주더라. 뭐가 안타깝냐고 싸울까 하다가, 여자 선생은 얼굴 몸매 성격 순으로 본다는 대화를 아무렇지도 않게 하는 새끼들이면 안타까울 수 있겠네 싶어서 말았어.

언니, 내가 더 싸웠어야 했을까? 싸워야 할 상황들이 너무 많아. 처음에는 싸웠어. 사실 무지 많이 싸웠지. 회식 때 있었던 일, 내가 들었던 말을 얘기도 해보고 조사서에 써서 내고 관리자에게 문제 제기를 하고 공론화를 했어.

그런데 안 되더라고. 나만 유난스럽고 피곤한 사람이 되는 일이 반복되고 나는 자꾸 고립되는데. 한 귀로 듣고 흘리라는 말은 얼마나 공허하고, 충분히 주의를 주었다는 말은 또 얼마나 허무해? 눈앞에서 어떻게 사건이 묻히는지를 자꾸만 보게 되니까 미칠 것 같아서 비겁해지더라. 회식을 안 가고 얼굴 볼 자리들을 피하고 그냥 그렇게.

언니가 나한테 실망했을까 봐 걱정돼. 애들이 나보다 더 나은 세상에서 살길 바란다고 말해놓고는, 나 너무 비겁하지. 내가 덜 비겁했으면 나았을까. 학생들이 내가 겪은 것과 별반 다르지 않은 경험들을 가지고 자라는 게 나는 너무너무 싫은데. 내 눈앞에서 자꾸만 그런 일이 반복되는 게 다 내 잘못 같아.

학교에 성 관련 문제가 있었어. 마음이 지옥이었고 이틀은 거의 잠도 안 오더라. 상담하고, 통화하고, 매뉴얼을 확인하고, 회의하고, 수업을 하고, 또 상담하고, 통화하고 그랬어. 어떤 사람들은 나한테 너무 일 크게 만들지 말라더라. 호기심이래. 그럴 수도 있대. 왜 이렇게 유난이냐고. 큰일 아니니까 잘 넘어가보래. 거기 끼지 말래. 근데 그거 내가 다 듣던 말인걸. 유난이다, 그 정도는 할 수 있는 말 아니냐, 주의를 주겠다, 일 크게 만들지 마라…….

내가 더 싸웠으면 싸워서 이겼으면 내 학생들은 나와 같은 일을 겪지 않았을까?

내 잘못이 아니라는 거 알아. 지금도 나는 내가 할 수 있는 것들을 하고 있는걸. 나도 머리로는 그렇게 생각을 하는데. 내가 피해 학생의 마음에 남은 상처를 완전히 없애줄 수는 없겠지. 내가 시간이 한참 지난 지금에도 어떤 기억들을 잊지 못하는 것처럼, 내 학생도 그러면 어떡하지. 그런 생각을 하면 자꾸만 작아져. 겁이 나고 숨이 막혀.

언니, 내가 이 편지를 언니에게 보낼 수 있을지 잘 모르겠어. 이러려고 쓴 글은 아니었는데 너무 울적해져버려서 다시 읽어볼 엄두도 안 나네. 나 힘들면 미친 듯이 글을 쓰잖아. 그것도 주로 좋고 반짝거리는 순간들을 가득 쓰잖아. 그걸 붙잡고 버티려고, 기억하려고, 자꾸 다시 감각하려고. 그래서 막 그런 걸 잔뜩 쓰다가. 언니에게는 그냥 내가 왜 한없이 작아지는지 왜 무기력해지는지 왜 도망치고 싶은지 왜 모든 것을 놓고 싶다는 생각을 불쑥불쑥 하는지 얘기하고 싶었어.

언니, 내가 어떻게 해야 할까.
언니라면 어떻게 할 것 같아?
나는 이 글을 쓰는 지금도 모르겠어. 아무것도.

언젠가는 답을 찾을 수 있을까?

답이 있기는 할까?

그래도 언니에게 말할 수 있어서 참 다행이야.

구겨진 마음의 아름다움

산타 할아버지가 우는 애들에게 선물을 안 준댔던 때부터 울지 않는 법을 배웠다. 정확히는 안 우는 척하는 법을 배웠다. 주사를 맞고 의연한 척을 하면 '텐텐'(아이들용 비타민. 성장과 발육을 위한 거라는데, 그건 잘 모르겠고, 애들이 좋아한다는 건 분명히 알겠다.)을 받을 수 있었다. 우는 친구들을 달래는 나에게 어른들은 의젓하다고 했다. 의젓했는지는 모르겠지만 계산은 빨랐기에 나는 울음을 빨리 그치고 적당히 괜찮은 척을 했다. 나는 깜찍하고 끔찍한 어린이여서 아무것도 모르는 표정으로 어른들을 속여 넘겼다. 내 괜찮은 척이 잘 먹혔다는 말이다. 거기까지는 좋았는데 자꾸 척을 하다 보니 어느 순간 힘들다, 안 괜찮다 말하는 것이 머쓱해졌다. 소리 내어 엉엉 울고 싶다가도 어색해서 자꾸 숨는다. 그렇게 어른이 되었다. 괜찮은 척밖에 할 줄 모르는 보통 어른.

그림자는 옅게, 구김살은 더 바짝 펴서 한 번도 구겨진 적 없는 척을 했다. 마냥 해맑아 보이기를 바랐던 때도 있었다. (밝게! 맑게! 자신 있게!) 의젓한 척을 한다고 텐텐을 줄 어른도 없는데 왜 나는 아직도. 아마 다들 비슷할 테지. 모두가 각자의 이판사판을 아등바등 수습하면서 텐텐 없이도 괜찮은 듯이 살고 있을 것이다. 아등바등하는 어른이들은 깜찍끔찍한 거짓말에 속지 않는다. 어떤 구겨짐과 그림자는 흔적처럼 남고 비슷한 구김살이 있는 이들은 그런 것들을 콕 짚어내기 마련이다. 야. 너도? 야, 나도! 주머니에 텐텐을 잔뜩 챙겨 다녔다가 그런 이들을 만날 때마다 하나씩 주어야겠다는 생각을 한다.

수족관(내 친구이다)은 얼마 전 나에게 "이런 말을 하고 이런 글을 쓰고 이런 생각을 하는 사람이 평탄한 삶을 살았을 리가 없잖아!"라는 말을 했다. 나는 거기에서 걔의 안 평탄함이 보여서 좀 슬펐다. 이편한세상(내 친구이다)도 나에게 굴곡 많은 삶이라고 했다. 무슨 인생의 굴곡들이 짧은 생에 집약적으로 들어가 있다나. 나는 "지는!" 하고 말하고 싶은 걸 꾹 참았다. (내가 걔한테 하고 싶은 말 중에 가장 많이 참는 말 2위는 '지는!'이다.) 걔의 굴곡도 더하면 더했지 덜하지 않았다는 것을 나는 안다. 툭 떨어져 나동그라진 것 같았을 시간과 힘겹게 올라갔을 시간들, 그런 것들을 버텨낸 흔적을 걔에게서 본다. 그런 건 말을 안 해도 알 수가 있다. 구겨진 나와 구겨진 내 친구들. 모종의 끼리끼리이다.

과학시간에 그림자 만드는 실험을 하면서 나는 수족관을, 이편한세상을, 그리고 또 이름 붙이지 못한 친구들과 그들의 그림자를 생각했다. 굳이 그림자를 만드는 실험이라니. 그림자는 옅게, 구김살은 바짝! 정신에 맞지 않는 것 같아서 웃겼다. 그 웃긴 실험은 번거로웠다. 주변이 어두워야 그림자를 제대로 볼 수 있다고 했다. 어두워야 더 어두운 것이 보인다니 얘도 모종의 끼리끼리인가. 그늘을 만들려고 용을 쓰면서 나와 아이들은 킥킥거렸다. 교실 창문을 죄다 닫고 블라인드를 끝까지 내렸다. 신문지로 창문의 가려지지 않는 부분을 막았다. 작은 교실을 어둡게, 더 어둡게 만들고서야 손전등을 켰다.

하얀 종이에 비친 그림자는 필름에 그린 실제 그림보다 더 작품 같았다. 필름지에 마카로 그은 선들이 빛을 받아 흰 종이에 그늘을 남겼다. 이리저리 손전등을 옮길 때 그늘은 커졌다가 작아졌다가 일렁였다. 빛이 파도를 만드는 것 같았다. 빛의 파도를 가만히 바라보는 일에는 좀 환상적인 구석이 있었다. 아이들과 한참 그걸 쳐다봤다. 말하지 않아도 비슷한 생각을 한다는 것을 알 수 있었다. 잠시도 입을 가만히 있지 못하는 아이들도 그 순간에는 숨죽인 듯이 조용했다. 아름다운 것 앞에서 입을 닫는 것은 배우지 않아도 저절로 알게 되는 것일까?

손전등을 가까이 갖다 대면 그림자가 더 잘 보일 줄 알았는데 그렇지 않았다. 가까이 다가온 빛이 번져서 그림자는 오히려 희끄무레해졌다. 형체가 일그러진 그림자를 보며 다들 약속이라도 한 듯 손전등을 뒤로 뺐다. 조금 거리를 두었을 때 더 선명하게 보이는 것들은 어디에나 있기 마련이었다. 너무 가까이 있어서 했던 오해들과 잘 안다고 생각해서 무심해졌던 순간들에 대해 생각했다. 어떤 구겨짐의 흔적들은 조금 떨어져 있을 때만 보인다. 눈물을 쏙 집어넣고 의젓한 척을 해도 꽉 쥐고 있는 손가락과 꼼지락대던 발가락을 숨기지는 못할 텐데, 그런 건 조금만 찬찬히 보면 다 티가 나는데.

기왕이면 적당한 거리에서 다른 인간의 이판사판을 꼼꼼히 비추어보는 인간이고 싶다. 물론 그러기엔 내 이판사판부터 비춰봐야 할 것 같지만. 너무 가까이 있다고 아는 척하지 않고, 대충 그러려니 넘겨짚지 않아야지. 구겨지고 어둡고 머쓱한 면들도 적당한 거리에서 비추어보면 아름답게까지 보인다는 걸 오래 기억하면 좋겠다. 그 아름다움 앞에서는 언제든지 숨죽인 듯 조용해질 수 있을 것이다. 죽죽 그인 것과 구겨진 것과 삐뚤거리는 것들이 만들어내는 어떤 일렁임 속을 함께 헤매고 싶다.

아픔의 기능을 따지는 건 정말 싫다. 그래도 어두운 구석에 빛을 들이려는 아등바등과 그 결과물까지 싫어할 수는 없다. 가끔 평탄하고 별일 없이 지내는 사람을 만나라거나, 사랑을 제대로 받은 사람이 사랑을 줄 수 있다 같은 말들을 듣는다. 그 말들이 너무 해맑게 폭력적이라서 들을 때마다 놀란다. (안 평탄하고 싶은 사람이랑 사랑을 제대로 못 받고 싶은 사람이 있긴 할까?) 언제 어느 때 어떤 것이 우리를 구겨놓을지 알 수 없다. 할 수 있는 것이 괜찮은 척밖에 없는 날들도 있겠지만. 구겨진 그대로 머무르지 않으려는 이들이 있고, 남들의 구겨진 부분에 찬찬히 빛을 비추어보려는 이들이 있다. 그건 정말 싫어할 수 없는 아름다움이다. 그런 이들에게 산타 할아버지가 선물을, 아니면 텐텐이라도 주었으면 좋겠다.

신이 교사 지윤을 만들 때

명랑함 한 스푼

공감능력 한 스푼

아이들을 사랑하는 마음 한 스푼

그리고 단호함을— 넣었어야 했는데 까먹었다!

종종 물건을 집어던지는 애들이 있다. 화가 나서 바닥을 쾅 내려치거나 문을 소리가 나게 닫고 수저를 쨍그랑 소리가 나게 던지고 책상을 엎고 물건을 바닥에 퍽퍽 패대기치는 것이다. 처음에는 화를 주체하지 못해서 그러는 줄 알았다. "많이 화가 났구나, 왜 그런지 차근차근 얘기해볼까?" 하고 앉혀서 얘기를 들었다. 진정될 때까지 시간을 주기도 하고. 나 전달법 같은 걸 알려주면서 감정을 표현하는 방법을 알려주고, 다시 알려주고.

그런데 그러는 애들을 자꾸 보다 보니, 이건 화를 주체하지 못해서 그러는 게 아닌 것 같았다. (물론 정말로 화를 주체 못 하는 아이들도 있겠지만, 내가 본 경우에 한정한다면.) 오히려 걔들의 물건 던지기는 좀 퍼포먼스적인 데가 있었다. 약간의 계획을 가미한 데다, 나름대로의 원칙이 있는. 자기에게 정말로 소중하거나 깨지면 큰일 나는 휴대폰이나 전자기기는 던지지 않는다. 던져도 무탈한 필통이나 수저 같은 것들을 주로 던진다. 사람이 있는 쪽을 향해서 뭘 던지지는 않는다. 나름대로 뒷일을 생각하면서 행동하는 것이다.

퍼포먼스는 관객이 있어야 가능한 법. 단호함이 부족하고 뭐든 공감해버리는 나는 가장 훌륭한 관객이었다. 애들이 무언가 (대충 던져도 괜찮은 것들을 대충 괜찮은 위치에) 던질 때 쪼르르 달려가서 "누구누구가 이렇게 화가 났구나-?" 하고 관심을 가져준 셈이었으니까. 애들이 던진 물건이 나에게 비껴 맞았을 때에도, 눈앞에서 욕을 듣거나 책상이 흔들거려도 지금 내가 어떻게 해야 하는지만 고민했다. 눈을 맞추고 꼭 꼭 진정시킨 뒤 훌쩍거리는 애들을 달래는 건 그렇게 어려운 일은 아니었다. 진짜로!

지금도, 앞으로도 그게 아이들에게 도움이 된다면 나는 몇 번이고 "괜찮아?" 하고 물어줄 수 있겠지만. 더 이상은 관객이 되지 않기로 했다. 그렇게 어르고 달래면 걔는 언젠가 또 비슷한 감정을 비슷한 방식으로 표현하겠지. 그건 정말로 싫었다. 어떤 감정이든 폭력적으로 표현하는 건 잘못된 거니까. 다른 아이들은 물론이고, 내가 교사라도 나 역시 존중이 결여된 행동을 감내할 필요는 없다는 걸 지금은 알고 있으니까.

지산이가 블록을 집어던지고 책상을 쾅쾅 내리쳤을 때, 그래서 생각했다.
지금 필요한 건 단호함이라고.

감정을 다 내려놓고 물었다. 지금 이게 뭐 하는 행동이냐고. 물건을 집어던지는 거냐고. 이 교실에서 규칙을 지키지 않을 거라면, 지금 이 활동을 할 수 없다고 말했다. 감정을 통제하지 못하는 지금의 행동은 다른 친구들과 선생님에게 피해를 주고 있으며, 그런 행동은 우리 교실에서는 용납되지 않는다고. 영혼 끝까지 단호함을 끌어모아서 말했다. 평소에 그렇게 단호한 편이 못 되므로, 목소리가 덜덜 떨리지는 않을지 걱정스러웠다.

지산인 씨씨거리면서 욕을 하다가 울먹거리다가 다시 책상을 쾅쾅 찼다. 사실 좀 가서 달래주고 싶은 마음도 스멀거렸지만 꾹 참고 다른 애들의 활동을 꼼꼼히 봐주었다. 지산이는 문을 쾅 닫고 나갔다가 내가 보기 싫다고 하다가 더러워서 수업을 안 듣겠다고 하다가 다시 교실을 기웃거리다가 제풀에 지쳐서 그치더니, 눈물을 닦고 자리에 앉았다.

나는 지산이에게 말을 걸었다. "지산아, 화가 난다고 물건을 던지거나 이런 방식으로 화를 표현하는 건 정말 잘못된 행동이야. 여기에 많은 친구들이 있고, 지산이가 소중한 만큼 다른 친구들이나 선생님도 소중하고 중요한 사람이야. 네가 다른 사람들을 존중할 때, 너도 존중받을 수 있어." 하고.

다행히 지산이는 규칙을 지키겠다고 했고. 남은 시간 동안 누구보다 즐겁게 수업을 듣다가 집에 갔다.

이 모든 일이 끝나고 없던 단호함을 끌어다 쓴 나는 탈수 기에서 빼야 할 때를 놓쳐버린 빨랫감처럼 뭔가 쫙- 빨려버린 기분이 들었지만. 내 감정에 취해서 마구 폭발하지도, 그렇다고 무작정 아이를 달래지도 않고 상황을 해결한 건 좀 괜찮았다는 생각이 들었다. 적절한 단호함 한 스푼이었다. 없는 걸 갖다 쓰려니 힘들었지만.

신이 교사 지윤을 만들 때 빼먹은 게 있더라도 (있는 정도가 아니고 많은 것 같다. 단호함도 없고 꼼꼼함도 없고⋯⋯.) 괜찮을 것도 같다. 교실에서 언제나 가장 많이 배우는 사람은 나니까. 아이들과 함께하는 시간은 언제나 나를 돌아보게 하니까. 어쨌거나 아이들을 사랑하는 마음이 있는 한 나는 점점 더 나은 교사가 될 테니까. 모든 순간에 가장 적절한 방식으로 아이들을 사랑할 수 있도록 도와주세요. 괜히 믿지도 않는 신에게 중얼중얼 주절거려본다.

도망친 곳에 아이들이 있었다

대학에서 도망치고 싶었다. 별다른 수가 없어 쫓기듯 선택한 시험이 나의 직업과 근무지를 결정했고 생각지도 못한 곳에 대뜸 발령이 났다. 어렴풋이 들어본 적도, 연고도 하나 없는 지역이었다. 어찌 됐든 상관없었다. 단출한 짐을 풀어놓을 임시 거처 같은 집을 얻고는 전세 계약을 1년으로 할 수 있냐고 물었다. "보통 다른 곳으로 가려면 2년은 근무해야 할 텐데 왜 1년 계약을 찾아요?" 부동산에서는 의아해했다. "여기 오래 있을 것 같지가 않아서요."라고 건조하게 대답했다. 도망치듯 쫓겨온 곳에서 뿌리를 내릴 생각은 없었다. 구석에 뭉쳐둔, 채 풀지 못한 짐짝처럼 나는 과거 어느 기억들을 끌어안고 아래로, 아래로 내려앉았다. 살을 에는 추위에 매일 밤을 떨었다. 익숙한 시공간에서 떨어져 나가 아슬아슬한 편안함과 낯선 날카로움 사이에서 줄타기를 했다.

이곳에는 3월 말까지 함박눈이 내렸다. 집에 닿으려면 눈이 쌓인 오르막을 한참 올라가야 했다. 빛이 바랜 기름집, 뜨개방, 사흘 걸러 하루쯤 영업하는 통닭집을 지나면 너무 멀끔해서 어색한 나의 집이 있었다. 불쑥불쑥 눈이 내리는 봄은 추웠고, 나는 내내 옮겨 심긴 듯한 느낌을 지우지 못했다. 주변을 돌아봐도 떠밀려 온 이들뿐이었다. 모두들 자기가 여기에 있게 될지 몰랐다고 했다. 선생님도 2년만 있을 거지? 당연한 듯 물었다. 내 동기들도 비슷했다. 누구 하나 원해서 온 이가 없었기에 우리는 이 작은 도시를 지겹게도 미워했다. 동기 톡방 이름은 '××탈출넘버원'이었다. 조금이라도 좋은 것을 보면 ×× 같지 않다고 했다. 기막힌 악습이나 말도 안 되는 억울한 일을 겪을 때에는 여기가 ××(이)라서 그렇다고 말했다. 다른 곳으로 옮기면 괜찮을 거라고. 사실 그렇게 믿고 싶었던 것일지도 모르겠다.

그때 우리가, 정확히는 내가 미워한 것이 떠밀려 온 듯한 내 처지였는지 너무 시시해져버린 것 같은 나의 삶이었는지 잘 기억이 나지 않는다. 아마 둘 다였을 것이다. 그렇게나 벗어나고 싶어 했잖아, 막상 벗어나보니 시시해? 내 오만한 이중성이 느껴질 때마다 불쾌한 소름이 돋았다. 진짜로 하고 싶은 일이 무엇인지 고민하지 않고 차선의 삶을 살고 있다는 생각과 그래서 여기서 뭘 더 어쩌고 싶은데? 하는 생각들이 뒤엉켜서 속을 긁어댔다. 일상 속의 작은 행복들을 느끼다가도 목에 턱 걸린 듯 삼켜지지 않는 날들이 늘어났다. 그래서 이게 네가 원하던 삶이야? 같은 질문이 윙윙 귀를 울렸다. 과거의 내가 지금의 나를 본다면 어떻게 생각할까. 이렇게 살려고 그렇게 아등바등거렸어? 비웃을 것만 같았다. 넌 비겁해.

  짐이 하나씩 늘 때마다, 익숙해지는 것들이 늘어날 때마다 여기에 영영 뿌리내리는 것 같아서 몸서리를 쳤다. 잘못된 것을 알면서도 눈감아야 하는 일들이 생길 때에는 속에서 피가 철철철 흐르는 것 같았다. 부끄럽게는 살지 않겠다 큰소리쳤던 내가 떠올라서. 도망칠 만큼 괴로웠지만 적어도 비겁하지는 않았던 과거의 나에게 미안해서. 가르치는 일에 열과 성을 쏟을 때에는 유사 답안 같은 현실에 매달려보려는 것 같아서 내가 싫었고 이런 생각을 하는 나는 지금의 일을 시시하게 여기는 같아서 한층 더 싫었다. 그러면 안 되는 거잖아. 내 속에는 내가 너무도 많았고 그 모든 나들은 약속이라도 한 듯 잠시라도 행복이 들어차면 그걸 걷어내려 애썼다.

그래서 나는 배배 꼬여 있었다. 네가 거기에서 선생을 한다니, 하는 말은 비아냥거림으로 들렸다. 행복해 보여서 좋다, 하는 말은 딱 너는 거기까지다, 로 들렸다. 근데 거기에서 계속 일할 거야? 하는 물음에는 왜? 하면서 날카롭게 반문했고. 아니 그냥 나는 네가 음, 선생님은 안 할 줄 알았어, 하는 말을 들으면 하루 종일 마음이 헛헛했다. 역할 놀이를 하듯 일에 몰두하다가도 이상한 공허함에 휩싸이고 가끔은 분노하고 그것보다 더 자주 체념했다. 스스로를 비웃다가 경멸했다가 연민했다가 다시 비웃었다. 그리고 어쨌든지 여기를 벗어나야겠다 생각했다. 이 망할 도시와 작은 교실을.

하지만 내 작은 교실에서 벗어나는 것은 쉬운 일이 아니었다. 교실에는 아이들이 있었기 때문이다. 내가 교사가 되고 싶지 않았다고 해서, 지금의 삶을 원하지 않는다고 해서 아이들을 내팽개칠 수는 없었다. 그것은 책임감의 영역이었다. 나를 만난 시간을 후회하게 만들고 싶지는 않았다. 보들보들한 영혼들을 있는 그대로 안아주고 싶었다. 내 안이 아무리 이판사판이라도 그 문제를 교실로는 끌고 가고 싶지 않았다. 오히려 그래서 나는 더 기를 썼다. 좋은 수업이든, 의지할 한구석이든, 친구든, 그들의 1년에서 그나마 괜찮았던 것을 주는 사람이 되고 싶었다. 그렇게 조그맣게 돋아난 진심은 대가 없는 사랑으로 돌아왔다. 대가 없는 사랑은 하나도 시시한 일이 아니었다. 그래서 나는 교실에 없을 때에도 교실에 묶여 있었다.

"선생님은 선생님을 하려고 태어난 사람 같아요."라고 가끔 아이들이 말했다. 이상하게 그 말은 기분이 나쁘지 않았다. 그래도 솔직하게 말했다. 난 선생님이 되고 싶지도 않고, 앞으로도 선생님을 하고 싶을 것 같지는 않아. 그렇지만 너희를 만난 것은 잘한 일이고 그래서 선생님이 된 것을 별로 후회하지는 않아. 별로 후회하지 않는다는 말을 뱉고는 깜짝 놀랐다. 교실을 벗어나야겠다는 생각이 옅어진 것 같아서. 사실 아이들이 보는 나는 실제의 나보다 더 괜찮은 사람 같아 보여서 나는 거기에 취해 있었다. 정말로 내가 괜찮은 사람이기를 바랐다. 대가 없는 사랑과 신뢰를 받을 자격이 있는 사람이기를 진심으로 바랐다.

　문제가 있었다면 교실은, 아니 교실 너머 학교는 내가 괜찮은 사람이기만 해도 괜찮은 공간이 아니었다는 것이다. 견디지 못하여 터져버렸던 계기는 사실 별 게 아니었다. 듣기 싫은 말을 평소처럼 어색하게 웃으며 넘겼으면 될 일이었다. 그런데 그날은 주문처럼 외던 괜찮아, 괜찮아가 먹히지 않았다. 내가 이 일에 매달리면 아이들에게 피해가 갈 거야, 하는 최후통첩 같은 생각들도 효과가 없었다. 이따 이 얘기를 하면서 동기들이랑 잘근잘근 씹어대도 하나도 안 괜찮을 것 같았다. 가장 견디기가 힘들었던 것은 느물거리며 더러운 말을 뱉는 이들도 교사라는 점이었다. 내일이면 애들이 저 사람한테 선생님, 선생님 하면서 애정을 조르겠지. 그 사람은 세상 좋은 미소로 화답하며 무언가를 아이들에게 가르치겠지.

그는 무엇을 가르칠까. 아이들이 그로부터 배우는 것은 무엇일까. 그런 생각들로 가득 차 더 이상 혼자 담아두지 못하겠을 때에 문제를 제기했다. 달라진 것은 없었다. 내가 문제 제기를 했다는 걸 온 학교가 알게 되었다는 것뿐. 가해자에게 주의를 시키겠다고 했다. 가해자는 내가 본인을 오해했다며 펄펄 뛰었다. 억울하다, 그는 억울하다고 했다. 뭐가 억울해요? 나는 진짜로 그걸 물어보고 싶었다. 인정하고 싶지 않지만 가르치는 일을 좋아할 수도 있겠다 싶은 참이었다, 아이들은 좋은 걸 넘어서 가끔은 눈물이 날 정도로 나에게 소중했다. 그런데 나는 술자리에서 어깨에 올라오는 손 때문에, 나를 꽃이네 뭐네 부르는 당신들의 농담 때문에, 더러운 얘기를 재밌다고 낄낄거리는 당신들의 목소리 때문에 이 순간을 온전히 좋아할 수가 없는걸. 그러면 억울한 건 당신일까, 나일까, 정말로 정말로 딱 한 번만 물어보고 싶었다.

회식 때에는 은근히 내 눈치를 보며 일찍 집에 들어가라고 택시를 잡아주었다. 내가 집으로 가면 다시 또 노래방엘, 2차엘, 3차엘 간다고 했다. 내가 무섭고 예민하다고 했다. 예전에는 더한 일들도 많았다고 했다. 회식이 있다는 말만들어도 울컥, 속이 좋지 않았다. 그래서 폰을 꺼놓고는 가지 않았고, 아프다고 가지 않았고, 누구 장례식이라고 했고, 하여튼 가지 않았다. 그렇게 튕겨져 나왔다. 이상하지, 교사로서 나의 본분(처럼 보이는 것)에 매달릴수록 나는 고립되었고 교사 같지 않은 사람들은 정말 잘 지냈다. 사실은 이런 게 보기 힘들어서 여기로 도망쳤는데, 가끔 무엇을 위해서 여기에 있는가, 내가 참고 있는 것은 무엇이고, 내가 살고 싶은 삶은 무엇인가 생각했다.

그럴 때 아이들은 나를 현실로 돌려놓았다. "선생님 무슨 고민 있어요?" "무슨 생각 해요?"라고 아이들이 물어와서, 나는 거기에 오래 머무를 수가 없었다. 나는 재빠르게 교실로 돌아와서는 웃음을 지으며 다시 눈앞의 일들에 몰두했다. 거기에 구원이 있기를 바라며.

2부. 작고도 큰 세계

선생님은 저랑 천고마비예요

승은이는 자주 덥석 팔을 잡고 나를 당기면서 신기한 말을 한다. 오늘은 "선생님은 저랑 천고마비예요!"라고 했다. 살쪘다는 건가, 머리를 도록도록 굴려보며 뭐라고 대답할지 고민했다. 요즘 좀 많이 먹긴 했지. "우리가 천고마비구나, 그게 무슨 뜻이야?" 하니 나랑 자기랑 마음이 통한다는 뜻이라고 했다. 승은이는 입술이 뾰루퉁해져서는 교과서에 나온 말인데 벌써 까먹었냐고 나를 타박했다. 기억을 더듬어보아도 천고마비를 그런 뜻으로 가르친 적이 없어서 억울했다.

생각해보면 승은이는 새로운 말을 쓰는 걸 좋아했다. 기억의 정확도는 새로움에 대한 열정을 따라갈 수가 없어서 늘 한 곳이 달랐다. 그 한 곳의 간극은 때로 너무 크고 중대해서 아찔했다. 흠칫 놀라고 곰곰 고민하다가 결국엔 웃음을 짓게 되는 식이었다. 급식에 나온 크림 떡볶이를 두 그릇째 비우면서 했던 말은 잊히지가 않는다. "진부한 맛.", 알고 보니 "풍부한 맛."이라고 하고 싶은 거였다. 친구와 '이판사판'이라고 해서 놀라 달려가 보면 '이심전심'을 헷갈렸던 식이다.

승은이는 언제나 나를 살폈다. "선생님 소멸될 것 같아요."는 '소진된 것 같아요'라는 뜻이었다. 소멸이나 소진이나 닳아 없어지는 건 똑같다는 점에서 별로 고쳐줄 필요성을 느끼지 못했다. 어디에서 읽었는지 나와 영원을 약속하겠다고 다짐하기도 했다. (그러면서 내 머리카락을 뽑아갔다. 대체 무슨 책을 읽은 걸까.) 승은이의 얼렁뚱땅한 말들을 들어주고 무슨 뜻인지 알아채기 위해서라도 소멸되지 않아야겠다고 생각했다. 애들은 자기를 봐달라고, 자기 얘기를 더 들어달라고, 자기를 더 예뻐해달라고 말하는데. 승은이는 언제나 내가 세상에 잘 붙어 있는지를 확인하려 들었다. 없어지지 마세요, 사라지지 말아요, 소멸되면 안 돼요, 그런 말을 했다. 세상과 나의 틈을 꼭꼭 붙여놓으려는 것 같았다.

천고마비와 마음이 통하는 사이에 대해 한참 고민하다가 "아! 천생연분?" 했더니 바로 자기가 하고 싶었던 말이라고 했다. "척 하면 척 알아들으니까 우리는 천생연분."이라고 승은이는 세 번은 더 말했다. 헤어질 마당에 자꾸 정을 주는 애를 말려야 하나 생각을 잠깐 했다. 화요일엔 방학식이고 애들을 제대로 볼 수 있는 건 금요일, 월요일, 화요일. 사흘 남았는데. 내년 승은이의 담임선생님은 나보다 아이의 한 곳을 더 찬찬히 들여다보아주는 이였으면 좋겠다. 척 하면 척 통하는 사람들 사이에서 승은이가 마음껏 새로운 말들을 했으면 좋겠다. 천고마비를 조잘거리는 아이의 눈을 쳐다보면서 나는 소멸되지 않아야겠다는 생각을 했다.

아이들의 눈높이에서

아이들이 직접 칠판에 나와 문제를 풀고, 글을 쓰거나, 그림을 그려보는 수업을 자주 하는 편이다. 어차피 맨날 떠드는 내가 칠판까지 붙잡고 쓰느니 애들이 직접 뭔가를 해보는 게 의미가 있다고 생각한다. 무엇보다 애들은 분필로 칠판에 무언가를 쓰는 것 자체를 좋아하는데, 학교에서 좋아하는 걸 많이많이 하도록 하고 싶다. "칠판에 써볼 사람!" 하면 무얼 하는지 모르다가도 번쩍번쩍 손을 드는데, 그것만 봐도 기분이 좋아진다.

근데, 이 칠판. 기본적으로 애들한테는 좀 높다. 높이 조절을 하지 않으면 낑낑거리면서 발끝을 세워야 한다. 그런 일이 없도록 칠판은 항상 애들이 쓰기 좋은 높이로 내려놓지만, 애초에 조금 더 낮게 만들어도 괜찮았을 것 같다. 교실에서 가장 많은 존재도 아이들이고, 가장 오랜 시간을 보내는 것도 아이들이니까.

학교와 교실이 정말로 아이들을 위한 공간이라면 모든 것들이 아이들을 위해서 만들어져야 할 것 같은데, 그렇지 않은 것들이 많다. 어른이라면 허리께에 닿는 사물함이 아이들에게는 머리까지 와서 사물함 끝에 머리를 부딪기 쉽다. 교실 뒤의 게시판은 아이들 혼자 무언가를 걸어놓기에는 지나치게 높다. 본관과 후관 사이의 유리문은 아이들이 밀기에 무겁고, 그 무거운 문을 팍, 놓다가 다치는 아이들도 부지기수다.

상상치도 못한 곳에서 다치거나 걸려 넘어지는 아이들을 보고는 무릎걸음으로 아이들의 눈높이에서 무언가를 보는 버릇이 생겼다. 그렇게 보면 전혀 위협적이라 생각하지 못한 것들도 무섭게 보이곤 했다. 사물함 끝에는 미끄럼 방지 스티커와 스펀지를 붙이고, 교실 뒤에는 게시판에 언제든 무언가를 걸 수 있도록 의자를 놓아두고, 칠판을 낮춰놓고 유리문은 먼저 밀어놓지만. 도움이나 배려 같은 것 없이도 애들이 아무렇지 않게 모든 것을 할 수 있으면 좋겠다고 생각한다. 쭈뼛거리면서 도움을 청하는 일이 괜히 싫을 수도 있으니까.

급식에는 아이들이 따기 어려운, 돌려 따는 뚜껑 음료가 자주 나온다. 그럴 때에는 아이들이 내 자리로 와서 음료수를 내민다. 뚜껑을 따달라는 것이다. 애들은 괜히, "나 이런 거 원래 잘 따요!" 하고 말하거나, "지난번에는 혼자 땄어요!" 말한다. 그럴 때 나는 고개를 끄덕끄덕하면서 이번 음료수가 유난히 안 따지는 것 같다고 하고, 다음에는 선생님 것 네가 따줘, 하기도 한다. 그럴 때는 괜히 생각하는 것이다. 찢어서 마실 수 있는 음료가 나오거나, 컵에 음료를 따라주면 좋겠다고.

나는 그랬다. 일상 속에서 누군가에게 도움을 청하거나, 나의 사정을 설명하는 게 절대로 폐를 끼치는 게 아니라는 걸 알면서도, 이런저런 말을 꺼내는 게 싫어서 그냥 말을 삼켰던 순간들이 있다. 유난스럽게 보이기 싫거나, 혹은 정말로 도움을 받는 게 내키지 않았던 순간들도 있다. 그럴 때는 어쩐지 끼면 안 될 곳에 눈치 없이 끼어든 것 같았다. 일상의 매 순간에 누군가의 도움을 청해야 한다면 정말로, 환영받지 못하는 듯한 기분이 들 것만 같다.

교실이, 학교가 조금 더 아이들을 환영했으면 좋겠다. 아이들의 눈높이에서 고민하고 만들어지는 것들이 많았으면. 문을 열 때마다, 칠판에 무언가를 쓸 때마다, 음료를 마실 때마다 어른들의 도움을 받아야 하는 게 영 싫은 애들도 분명히 있을 테니까. 환영받고 자란 어린이는 더 많은 것들과 눈높이를 맞출 줄 아는 어른이 될 테니까.

일기와 일기 사이

개학을 했고 애들은 내게 방학 숙제를 냈다. 대부분 일기다. 나는 일기를 읽는 걸 좋아하지만 아이들의 일기를 읽는 일은 두 배쯤 더 좋다. 애들이 쓴 일기는 대체로 몹시 재미있고 가끔은 슬프다. 다듬어지지 않은 문장들이 꿈지럭댄다. 선생님이 되고 난 다음에야 내가 아이들에게 무언가를 시키는 일에 재능이 없다는 걸 깨달았는데(몹시 비극적이다) 그럼에도 '두 줄 일기' 쓰기는 부탁과 간청 사이를 오가며 시킨다. 공평하게 두 줄(보다 훨씬 많이)씩 답장을 써준다. 애들은 저마다 두 줄이지만 나는 열다섯 명에게 답장을 쓰려면 서른 줄인 셈인데 이게 정말 공평한지는 잘 모르겠다. 불공평을 감수하고서라도 애들의 일기를 읽고 싶다. 애들의 일기를 읽을 수 있어서 선생님이 되는 건 좋은 일이라는 생각까지 든다. 방학은 선생의 특권이란 말을 들을 때마다 난 늘 아닌데, 일기 읽기가 특권인데 같은 생각을 속으로 한다.

어떤 애들은 깨만큼 작은 글씨로 줄을 가득가득 채운다. 어떤 글씨는 줄을 무시하고 나와 들쭉날쭉 자기 얘길 하고, 또 어떤 애는 매일 형광펜이랑 색연필로 글씨를 칠해둔다. 사인펜으로 쓴 글씨, 단정한 글씨, 흐릿한 글씨, 힘이 가득 들어간 글씨. 그런 걸 보면서 그 글자들을 썼을 애들을 생각한다. 어떤 애는 맨날 일기에 그림을 그린다. 어떤 애는 매일같이 퀴즈를 내어서 나는 그걸 맞혀야 한다. (틀리면 다음 날엔 크게 땡이라고 써져 있다. 땡을 받으면 슬프다.) 매일 배운 과목 이름만 쓰는 애도 있고, 페이지를 다 반으로 접어두거나 일기장의 표지를 뜯어놓은 애도 있다. 어떤 앤 맨날 화살표를 그려두는데 그걸 따라가야 일기를 읽을 수 있다. 어떤 앤 자기 얘기만 쓰고, 어떤 애는 다른 애들의 이야기만 쓴다. 어떤 일기는 물음표로만 끝나고, 어떤 일기는 느낌표가 가득하다.

일기를 곰곰이 따라가면 어린이의 작고도 큰 세계가 머릿속에 그려진다. 작은 기쁨과 행복들, 작지 않은 슬픔들, 걱정과 두려움, 자신감과 결심. 언제 행복한지 언제 슬픈지, 애한텐 뭐가 중요한지 알아버리게 되는 것이다. 그걸 알게 된 이상 애를 싫어할 수는 없다. 밉살스럽게 굴어도, 매일 일기를 쓰기 싫다고 해도, 학교가 싫다고 하거나 악을 써도, 입을 앙 다물고 아무 말도 하지 않고 고집을 피워도… 어쩐지 그럴 만한 이유가 있을 거라고 생각해버리게 되는 것이다. 미운 짓을 해도 미워할 수가 없으니 나는 자꾸 이 아이들을 기다리거나, 날 좀 들여보내달라고 일기장의 문을 똑똑 두드린다.

오늘은 이 일기에서 오래 머물렀다.

오늘은 〈달려라 방탄〉을 봤다.

오늘도 재미있었다.

잘 보다가 엄마가 협박해서 일기를 쓴다. 귀찮다.

내일이 개학이어서 벼락치기를 했다.

내가 쓴 일기는 다 그날에 쓴 것이 아니다.

솔직한 게 더 좋을 거 같아서 하나 더 말하자면

내용도 사실 다 진짜는 아니다. 거짓말이 숨겨져 있다.

엄마가 말하라고는 하지 않았는데 말한다.

작년에는 다 거짓인 것도 있었다.

지금도(올해도) 있을 수도 있다. >_<

여기에 일기의 본질이 있는 것 같았다. 자기를 기록하는 것이면서도 다른 사람에게 읽히기를 기다리는 것이 일기라는 것. 그렇게 생각하면 일기가 꼭 솔직해야 하는지는 잘 모르겠다. 어쨌든 거짓말이 조금은 함유될 수 있다는 것. 나도 비슷한 생각을 한 적이 있어서 언젠가 내가 썼던 일기의 일부를 복사해서 건넸다. 아이가 이해하긴 어려울까? 싶었지만 나도 그래! 말해주고 싶어서. 비슷한 생각을 하는 우리는 일기와 일기 사이에서 조금 더 서로를 이해할 수 있을 것이었다.

나는 내일의 일기를 미리 쓴다. 일기는 있었던 일을 쓰는 것이니 미리 쓸 수 없다. 그런데 내 일기는 이름만 일기이지 일어난 일을 쓰는 것이 아니므로 미리 쓸 수 있다. 사실 내 일기는 소설에 가깝다. 나는 지금 내 일기가 감독판으로 짜깁기된 거짓말이라고 말하는 것이다. 하지만 일기가 내 일을 쓰는 거라면 나는 내일을 쓰니까 내 일기도 일기라 우겨본다. 일기의 나와 실제의 나는 다른데 일기의 내 쪽은 좀더 명랑하고 실제의 나는 좀더 침침하다. 일기 속의 나는 좀 느끼한 데가 있다. 채도를 과하게 높여놓은 인간 같다. 아무튼 오늘은 나의 명랑한 일기적 자아로는 견디기 어려운 날이다. 걔라면 어떤 구석탱이에서 나름대로의 깨달음거리를 얻어 지지고 볶겠지만 걔가 명랑하게 깨달음을 조잘댈 수 있는 것은 현실의 내가 깨지고 닳았기 때문일 것이다.

또 다른 일기도 눈에 들어왔다.

엄마가 동생을 데리고 치과로 갔다.

혼자 있어서 조금 무서웠지만 참았다.

1시간 동안 책만 보아서 지겨웠다.

1살 먹었으니 용기를 가져야겠다.

한 살 먹었으니 용기를 가지겠다는 다짐을 한참 쳐다보다가, 때로는 무작정 참는 게 용기가 아닐 수 있다고, 너무 힘들 땐 힘들다고 얘기하거나 도망쳐도 된다고, 어쩌면 나를 지키는 게 가장 용기 있는 것일 수도 있다는 말을 꼭꼭 눌러 썼다. 용기 내어야 하는 일이 최대한 없기를, 행운에 기대야 하는 순간들이 없기를, 이겨내야 할 상황이 없기를, 순한 마음을 가져도 되기를. 네가 너와 싸우지 않으면 좋겠어, 같은 말들을 썼다. 펜을 꼭 쥐고 일기 아래에 쓴 나의 끼적임들이 훌쩍 지난 어느 날에라도 아이한테 닿았으면 하다가, 어쩌면 나는 내가 가장 듣고 싶었던 말을 아이들에게 하고 있는 건 아닐까 생각했다.

고맙고 즐거운 친구

아이들은 자주 나를 그린다. "이거 가져요!" 하고 내민 종이를 보면 나를 귀엽고 깜찍하게도 그려두었네 싶다. 그림 속의 나는 항상 웃고 있는데, 아이들이 내 웃는 표정만 그리는 것인지 아니면 아이들 앞에서 내가 늘 이렇게 웃고 있는 것인지가 가끔은 궁금하다.

이번 그림 속의 나는 두 명이다. 왼쪽에 있는 나는 의자에 앉아 있었는데, 모니터와 두 줄 노트의 미로 속에 갇힌 광부처럼 보인다. 일개미 같기도 하다. 오른쪽의 나는 영어로 된 갑옷 같은 것을 입고 있다. 옷에 적힌 'NW ABC KAO'의 의

미를 고민했다. 영어는 고사하고 알파벳도 가르친 적이 없는데. 그러다 아차차, 오늘 입은 옷에 영어가 그려져 있었네 싶었다(물론 'NW ABC KAO'라고 쓰여 있는 건 아니다). 그러니까 이 그림은 추상화가 아니라 극사실주의 그림이었던 것이다. 왼쪽의 나에서 출발해 오른쪽의 나를 가리키고 있는 화살표의 의미는 아직도 모르겠다. 선생님의 진화 과정, 앉은 선생님부터 기립한 선생님까지, 뭐 그런 건가. 어쨌거나 두 명의 나 모두 입이 웃고 있다는 게 맘에 들었다.

다른 그림도 있다. 친구 사랑 주간이라 친구 그리기를 했는데 지은이는 나를 그렸다. '내 친구' 세 글자 옆에 친구 이름을 쓰라고 비워둔 칸에 '선생님'이라고 써 있었다. 애들이 날 친구라 생각하는 것 같다고 의심해왔는데 그 의심이 합리적이었음이 확인되는 순간이었다. 외향적인 척하는 내향인인 내가 친구라 부를 수 있는 사람은 손에 꼽는데. 아이들은 아무렇지도 않게 내가 자기들의 친구라고 한다. 친구가 이렇게 거저 생기다니 감개무량할 따름이다.

오늘 수업에서는 친구에게 고마운 점이나 하고 싶은 말을 서로 나누었다. '고마워요. 제 선생님이어서.' 하는 문장 앞에서 내가 이런 말을 들어도 되나 싶었다. 아이들의 눈에 비친 나는 매일 웃는, 즐겁고 고마운 친구일까. 아이들의 눈에 비친 나는 정말이지 괜찮은 사람처럼 보여서, 가끔은 내가 진짜 그런 사람이었으면 하는 욕심이 든다. 오래오래 그들의 고맙고 즐거운 친구이고 싶다.

체험의 체험

아이들은 숲을 체험했다. 나는 숲을 체험하는 아이들을 체험
했다. 아이들은 따끈하고 무겁고 계속 늘어나며 잘 지치지
않았다. 바닥에서 무언가를 집어 올리고 깔깔깔 웃고 뒤에
서 확 나타났다가 다시 사라졌다. 내 왼손과 오른손을 잡고
는 나를 이리저리 당겼다. 내 머리 위에 나뭇잎을 올려두고
손에 작은 밤을 쥐어주었다. 팔에 찰싹 붙어서는 서로 자기
네들 쪽으로 오라고 투닥거렸다. 팔짝팔짝 뛰는 것이 꼭 냄
비에 튀겨지는 옥수수 알갱이를 보는 것 같았다. 팡팡 튀겨
져 나온 아이들은 또 나에게 매달렸다. 숲을 체험해야 하는
데 나를 체험하는 것 같아서 어쩐지 좀 걱정이 되었다. 숲 전

문가 선생님이 아이들을 혼낼 것 같아서.

숲 전문가 선생님은 아이들을 혼내지 않았다. 대신 "선생님 귀찮으시겠어요!" 했다. 나는 아하하와 어허허 사이의 웃음소리를 내며 아이들을 사알짝 떼어내고는 숲 전문가 선생님의 말에 집중하라는 눈빛을 보냈다. 아이들은 내가 곤란해하는 것은 귀신같이 잘 안다. 끄덕끄덕하고는 숲 전문가 선생님을 쳐다봤다. 하도 붙어 있어서 그런지 텔레파시가 통하는 것 같다. 그나저나 숲 전문가 선생님은 숲은 무지 잘 아시면서 내 마음은 하나도 모르셨다.

사과를 잔뜩 매단 나무가 된 것 같긴 했지만 귀찮지는 않았는데. 나무한테는 열매들이 주렁주렁 달려 있어도 귀찮을 것 같다는 말은 안 하실 거면서.

괜히 이상한 오해를 샀다. 전혀 귀찮지 않았다고, 너희들은 한 번도 귀찮은 적이 없었다고 꼭 말해주어야지.

우리는 검정색을 좋아해

아직 가을...? 음... 세상은 과학인가...? 아니면 수학...?

선생님 제가 명언을 한 가지 말해드릴게요. 〈검정색은 다른 색을 빛내주

려고 모든 걸 내려노은 거다.〉큼... 민망하군ㅎㅎ

— 은비의 '두 줄 노트'에서

그러게, 아직 가을이 오지 않았나.

여름의 끝이자 가을의 시작인 이 무렵을 선생님은 참 좋
아해. 괜히 창을 열어놓고 바람이나 하늘 같은 것들에 잠깐
씩 시선을 둬. 물론 "선생님 뭐 해요?" 하는 너희의 목소리에
다시 얼른 땅으로 발을 붙이지만 말이야. 너희가 집으로 돌

아간 지금은 다시 둥둥 떠 있는 느낌이 들어. 창을 열어두고 네 두 줄 노트를 읽으며 세상은 과학인가, 수학인가 하는 질문을 꼭꼭 씹어본다. 세상도 수학익힘책 뒤편에 붙은 답지처럼 답이 있을까? 수학이나 과학은 답을 척척 알려줄 수 있지만 세상을 살아가는 일은 선생님에게도 어려워서 자꾸 모르겠다고 말하게 돼. 세상을 살아가는 법은 오히려 내가 너희에게 배우는 것 같아.

검정색에 관한 명언 고마워. 오늘은 은비의 글 덕분에 빛나는 것에 대해 생각하는 법을 배웠어. 처음에는 어쩐지 슬펐어. 다른 색을 빛(빛)내주려고 모든 것을 내려노(놓)은 것은 뭘까, 내가 검정색이라면 참 슬플 거라 생각했어. 그러다 과학책을 봤는데 검정색이 모든 색의 빛을 다 담고 있다고 하더라. (〈내일은 실험왕〉 책이야. 학급문고 뒤편에 꽂혀 있으니 너도 궁금하면 읽어봐!) 그럼 다른 색이 빛나는 것은 결국 검정색이 빛나는 것이기도 할까. 그렇게 생각하면 검정색이 다 내려놓고 누군가를 빛내주는 게 아니라 다른 색과 함께 빛나는 것 같아서 슬프지 않아졌어. 다른 색깔들도 검정색이 다 내려놓고 희생하기를 원하지는 않을 거야. 오래오래 같이 빛나고 싶을 테지.

가끔 너희를 볼 때, 너희가 쓴 글을 읽거나 너희가 만들어 낸 무언가를 볼 때 깜짝 놀랄 때가 많아. 각각 너무 다른 색으로 빛나서. 씨앗반이라는 이름으로 함께 있지만 모든 친구들은 각자 다 다르게 소중하지. 서로 다른 빛깔의 너희를 가득 품에 안은 내가 검정색 같다는 생각도 들어. 너희가 반짝반짝 빛날 때 선생님도 같이 반짝반짝 빛날 수 있을 것 같아. 너희가 오늘 하루 행복했다고 말할 때, 깜짝 놀랄 만한 말을 할 때, 또 그냥 선생님을 보고 웃을 때나 부쩍 자랐다고 느껴질 때 내 하루는 다른 색으로 칠해져. 그런 하루는 다른 하루들과 절대 같을 수가 없어. 어제와 다른 색으로 빛나는 오늘, 오늘과 다른 색으로 빛날 내일을 차곡차곡 쌓아내며 너희가 빛날 수 있도록 더 많이 꼭 안아주어야지. 다음에는 네가 내게 무슨 색 좋아하냐고 물으면 검정색이라고 말할 거야!

오늘도 좋은 글 고마워. 이 글을 읽은 내 오후가 반짝거리는 느낌이었어. 은비의 하루도 빛났으면 좋겠다. 내일 보자.

인생 사는 법

국어 시간 위인전 단원의 마지막 활동으로 위인전 만들어 보기가 있었다. 전기문의 '전기'를 찌릿찌릿 전기로 알아들은 우리 반 아이들을 데리고 전기문 쓰기라니, 나는 도무지할 자신이 없어서 활동을 좀 변형했다. '나에 대한 책을 쓴다면? / 내가 책을 쓴다면?'을 주제로 책 표지를 디자인해보기로. 제목을 생각해보고 띠지에 간단하게 책 내용을 요약해보는 것을 하면 작가이자 편집자가 된 것 같은 체험을 동시에해볼 수 있을 거라 생각했다. 혹시 몰라, 애들이 나중에 책을낼 수도 있지. 작가가 되거든 오늘 수업을 꼭 글에 넣어달라고 했다. 아이들은 기세등등하게 사인본도 보내주겠다고 했다. 그럼 내가 추천사 써줄게. 새끼손가락을 걸었다.

사실 위인전을 가르치는 건 너무 재미가 없었다. 전기문은 너무 극적이다. 지나치게 명도와 채도를 높여놓은 것같이 절망은 너무 어둡고 성취는 너무 찬란하다. 노래로 치면 소몰이창법과 샤우팅으로 꽉 찬 곡 같다. 그리고 난 그런 걸 들으면 멀미가 난다. 하긴 누구 인생이든 4학년이 읽을 수 있는 몇 쪽짜리 분량으로 줄여놓는다면 극적으로 보일 것이다. 30초 예고편만 보면 모든 영화가 그럴듯해 보이는 것과 비슷하게 말이다. 그런 극적인 글을 몇 개 가져다 놓고 해당 위인의 본받을 점을 쓰라고 하는 교과서가 좀 싫었다. 나는 애들이 꼭 대단하지 않은 것에서도 배울 점을 찾았으면 좋겠다. 다른 무엇이 되기보다 자기 자신이 되었으면 좋겠다. 자신을 부정하는 종류의 노력은 하지 않았으면 좋겠다. 그래서 그 단원을 가르칠 때는 자꾸 싫은 마음이 들었다.

좀 덜 극적인 책의 표지들을 여러 개 보여주었다. 표지 그림과 제목을 보고 어떤 생각을 가진 작가가 쓴 것일지 이야기를 나누어봤다. 마이크 앞에 선 사람이 큰 그림으로 표지를 채운 〈말하기를 말하기(김하나)〉를 보고, 우리 반 애들은 물에 빠져도 입만 동동 뜰 사람이 쓸 것 같은 책이라고 했다. "비슷한데, 이분은 인터넷 라디오 방송을 비롯해 이것저것 진행을 많이 하는 작가야. 말하는 것의 중요성을 알려주고 싶었대." 같은 얘기를 하면서 책의 일부분을 읽어주었다. 〈죽고 싶지만 떡볶이는 먹고 싶어(백세희)〉를 보고는 먹보, 식탐쟁이라는 분석이 이어졌다. 그래도 꽤 통찰이 있는 친구는 "너무 우울할 때 기분을 좋게 하는 건 작은 거라는 뜻이야!" 같은 말을 하기도 했다. "아, 그치! 그치!" 다들 공감하는 눈치였다. 내 얘기도 슬쩍 섞었다. "선생님은 시비 거는 듯한 제목이 싫어." 하면서 명령문이 제목인 책을 보여줬더니 다들 와하하하 웃었다. "선생님도 맨날 우유 똑바로 놓으라고 하잖아요!" "맞아 맞아!" 자기들끼리 신이 났다. 맞기는 뭐가 맞냐. 그건 시비는 아니잖아.

〈상관없는 거 아닌가?(장기하)〉는 형광 주황색의 표지와 대충 그린 듯한 그림 덕분에 인기가 많았다. 우리 애들은 대충을 좋아한다. "이 사람은 길에서 부딪혀도 사과 안 하고 지나갈 것 같아요." 장기하 노래를 들려줬더니 딱 이 노래

부른 사람이 썼을 것 같은 책이란다. 〈인생은 이상하게 흐른다(박연준)〉는 보더니 "이 사람은 뭘 좀 아는 사람이다!" 했다. "그래? 너희의 인생은 이상하게 흐르니?" 물었더니 다들 신세 한탄을 하느라 난리이다. 인생이 이상하게 흐르는 건 열한 살이나 스물여섯 살이나 다 똑같은가 보다. "그럼 너희가 책을 쓴다면 책 읽는 사람들에게 어떤 말을 하고 싶어? 사실 선생님은 어떻게 살아야 할지 모르겠어서 어떻게 살라는 얘기는 잘 못 하겠던데." 하고 말끝을 얼버무렸다. 아이들은 인생은 대충 살아야 한다니, 후회하지 말아야 한다니 각자 삶의 철학을 늘어놓았고, 그렇게 만들어본 그들의 에세이 표지를 정리해보면 다음과 같다.

제목 : 인생은 1번뿐, 대충 살고 후회하지 말자!

카피 : 앞으로도 운동을 열심히 하자!

⋯➔ 인생은 대충 살지만, 운동은 열심히. 운동은 인생과 관련이 없는가?

제목 : 인생은 1번, 대충 살자, 웃어!

카피 : 힘들게 살아서 죽는 것보다 대충 살아서 늦게 죽자!

단, 빨리 죽을 수 있지만.

···› 단, 이하가 너무 치명적이잖아요?

제목 : 어제보다 귀여운 나♡

카피 : 내가 한 일 열심히 한 거(인생을) / 친구랑 함께.

···› 어제보다도 귀여워야 하고 친구랑도 함께해야 하면,
인생을 열심히 해야(?)겠지, 암.

제목 : 그림을 잘 그릴까?

카피 : (표지 여기저기에 쓰여 있다) 인생은 열심히! / 과연 누가 읽을까? /

인생을 열심히 산 너에게 / 열심살자 / 나의 하루는? 성공? 실패? /

4학년 때는 그림을 못 그렸지만 커서 잘 그리게 되었다. /

○○○ 선생님♥

···› 인생을 열심히 산 너에게, 라니 힐링 에세이를 열심히
읽은 티가 나는 게 인상 깊었다. '나의 하루는 성공? 실
패?'라는 구절에 뜨끔하고, 뜬금없이 하트가 잔뜩 그려
진 곳에 적힌 내 이름을 보면서 심란한 마음은 덤으로.

제목 : 어릴 때 대충, 어른 때 열심!

카피 : 스파크가 튀어서 죽을 뻔했다 조심해 /

공부는 대충 인생은 열심히 /

9살 때 누나랑 단둘이 서울을 버스 타고 갔다

⋯⟶ 미래의 나에게 미루는 파다. 공부는 대충 하지만 인생은 열심히⋯ 근데 그런 것치고는 불어펜까지 불어서 데코레이션을 해두었는데, 공부를 열심히 하는 거 아닌가?

제목 : 열심히 노력하면 천재가 될 수 있다.

카피 : (본인 사진을 넣고 그 사진이 말하는 느낌으로 옆에 써두었다.)

천재가 되고 싶어?

⋯⟶ 갑자기 나타난 공부의 신 파(신파 아님). 천재는 천하의 재수 없는 놈이라고 말하고 싶었지만, 4학년 때 6학년 연산을 배운 자기가 천재라고 굳게 믿는 어린이의 동심을 지켜주고 싶어서 참았다.

제목 : 인생은 나처럼!

카피 : 공부 말고 할 거 많다!

8살에 초등학교 입학, 16살에 자퇴.

⋯ 미래의 구체적(?) 계획이 작성된 것이 인상적이었다. 자퇴 이후 계획은 무엇인 걸까.

제목 : 인생은 한 번뿐이니까 자기 자신 알아서 살자.

카피 : 쟤네들처럼 살지 말자.

⋯ 내 마음에 가장 들어왔던 작품. 열심히 살자와 대충 살자의 논쟁을 종결시킨 솔로몬 같은 한마디. 쟤네들처럼 살지 말라는 타산지석의 교훈을 바탕으로, 그냥 열심히 살 사람은 열심히 살고, 대충 살 사람은 대충 살자는 마음으로 만들었다고 한다.

아이들은 뜬금없이 내 책도 만들어주었다. 후속작 욕심도 있는 다작하는 작가들이다.

제목(인지 불분명) : 우리 쌤의 정보!

　(고양이 호두와 함께 서 있는 내 모습이 그려져 있다.)

카피 : 우리 선생님은 아주 착하시당! 그리고 선생님의 키는 180m이당!

　ㅎ.ㅎ 우리 선생님을 만나고 싶다는 사람들이 많다! 역시 우리 쌤!♡

한 일 : 지혜롭게 일을 해결함.

나의 키가 180미터(!)인 줄은 몰랐네(?). 내가 한 일이…
내가 무슨 일을 지혜롭게 해결했지? 잘 모르겠다.

열심히와 대충의 논쟁 속에서, 열심히가 필요한 순간에는
열심히 살 수 있고, 힘을 빼야 할 순간에는 대충 넘길 수 있
는 사람이 되었으면 좋겠다고 은근슬쩍 말했는데 아이들에
게 잘 전해졌을지 모르겠다. 오늘 만든 건 극적인 위인전도
힐링이 가득 찬 에세이도 아니었지만, 아이들이 자신이 소중
하게 생각하는 가치를 마음에 꼭 품고 다른 무엇보다도 온
전히 자기 자신이 되었으면 좋겠다고 생각했다. 아이들에게
추천사를 써줄 날을 기다리며 하루하루를 더 소중한 기억들
로 채워가야겠다.

구깃구깃한 마음

반 편성을 했다. 반 편성이라는 말은 좀 머쓱하다. 반이 두 개밖에 없기 때문이다. 결국 서른 명 남짓의 애들을 두 덩어리로 쪼개는 거고 별다른 선택지가 없어 보였다. 그래서 나는 그걸 얕봤다. 대충 떼어놓아야 할 것 같은 애들을 떼어놓으면 되겠지. 꼭 붙여줘야 할 것 같은 애들과 가급적 다른 반으로 두고 싶은 애들의 얼굴이 머릿속에서 훅훅 지나갔다. 그걸 따라서 맞추어보면 될 것 같았다. 각오 같은 것 없이 옆 반 선생님과 마주 앉은 건 3시쯤. 퇴근시간까지는 한 시간 사십 분 남았으니까 충분할 거라는 생각을 했다. 작년엔 6학년을 맡아서 반 편성에 대해서 고민할 일은 없었다. 그러니까 한 시간 사십 분이면 되겠다는 헛된 생각을 했겠지.

두 반 아이들의 이름을 찬찬히 썼다. 성별을 알아볼 수 있게 구분하고 운동부 친구들 이름 앞에는 별표를 그렸다. 각 반의 성비는 비슷하도록, 운동부 친구들을 골고루 섞어서 편성해야 하니까. 거기까진 좀 순조로웠다. 그다음엔 1년 동안 아이들의 세계를 훔쳐보며 알게 된 정보들을 은밀하게 풀어놓는 차례가 왔다. 한 명 한 명이 교실에서 어땠는지, 어떤 친구와 친한지, 성향은 어떤지, 어떤 친구와 붙여주면 좋을지, 어떤 친구와의 관계를 어려워하는지, 지도할 때 어떤 점을 생각해야 하는지. 그건 확실히 어려웠다. 내가 뭐가 어떻다 얘기하는 게 한 아이의 반 편성을 크게 좌우하겠다는 생각이 들었고 자꾸 머뭇머뭇하게 되었다.

판단이나 평가를 배제하고 있는 그대로 얘기해보자, 그러자, 해도 그럴 수가 없는걸. 내가 알고 있는 애들의 이야기는 너무 내밀한 것 같았고(그런 걸 다 말하면 배신이다), 주섬주섬 꺼내놓기에는 구구절절했다. 뭐 하나를 콕 집어내기엔, 승현이는 그냥 승현이고 예나는 그냥 예나인데. 맥락을 잃어버린 채 뱉는 한 문장이 얘를 '어떤 애'로 단정 짓게 만들지는 않을까. 내가 뭔데. 걔의 11년 삶에서 고작해야 10퍼센트도 보지 못한 내가 얘를 알고 있다고 어떻게 확신하지. 서로 떼어놓았으면 하는 게 좀 나쁘게 들리진 않을까. 근데 서로 떼어놓았으면 하는 것도 그냥 내 생각인 건데. 어쩐지 명료하게 딱 떨어지는 말들을 내뱉을 수가 없었다.

교실에서의 상황과 여러 심증들을 주섬주섬 꺼내보고 맞춰보고 다시 돌려보면서, 우리는 연필로 누구의 이름엔 동그라미를 치고 또 다른 애의 이름엔 세모를 치고 그걸 다시 지웠다가 화살표를 그리고, 다시 엑스를 치기를 반복했다. 누구랑 떼어놔야 된다는 화살표를 자꾸 그리면서 마음이 이상해졌다. 어디 하나 미워할 구석이 없는 애들에게 화살표 끝이 닿는 것이 서늘하게 느껴졌다. 누가 틀린 것도 아니고, 아무도 잘못한 게 없는데. 다르니까 어딘 겹쳐지고 또 어딘 맞지 않는 건데. 그렇지만 서로를 오답으로 여기지 않도록 하려면 떼어놓기도 해야겠지. 아무도 자기가 틀렸다고 생각하지 않았으면 좋겠다는 마음이 펜 끝을 무겁게 누르고.

"오, 이렇게 하면 되겠는데요?" 하고 봤더니 올해 반에서 두어 명만 바뀐 정도라 또다시, 다시. 이렇게 했더니 얘랑 얘가 붙어버리는데 그건 안 되고, 또다시 하면 한쪽에 남자가 다 쏠려버리는 식. "악, 선생님! 여기 운동부 다 몰렸어요!" "악! 이번엔 3학년 때 반이랑 겹치는데요?" 여덟 번째 다시에는 정말 된 줄 알았더니, 또 두 반의 학업성적 편차가 큰 걸 생각을 못 했고. 그럼 어떻게 해야 하지, 다시. "근데 이렇게 편성하면 이 친구는 정말 힘들 거예요." "그럼 다시 하죠?" 처음에 써놓은 이름들은 까맣게 칠해지고 종이는 너덜너덜. 뭐 하나를 반영하려면 뭐 하나를 포기해야 하는 것만 같은 반 편성은 자꾸 저울질하면 안 되는 것들을 저울질하게 했고. 그 무엇도 저울에 올려두고 싶지 않아서, 또 그 무엇도 뒤로 제치고 싶지 않아서 종이만큼이나 마음이 구깃구깃해졌다.

힘들게 꺼낸 은밀한 정보들을 최대한 욱여넣고, 작년의 반과 그 전년도의 반과 겹치지 않고, 지금의 반 친구들이 고르게 섞여 있으며 성별이 고르게 섞였고, 운동부는 정확히 둘로 나뉘었으며 학업성적도 대체로 비슷한 것 같은 가안이

나왔을 땐 퇴근시간이 지난 뒤였다. 5시 30분쯤, 너무 쳐다봐서 이름 한 글자 한 글자가 이질적으로 읽힐 때쯤, "이게 최선인 것 같아요." 하는 옆 반 선생님의 목소리가 우웅우웅 울렸다. 머리로는 이게 최선이라고, 적어도 대충 최선의 언저리쯤은 되는 것 같다고 생각하면서도 목에 뭐라도 턱 걸린 것처럼 말이 제대로 나오지 않았던 건 그 저울질에 마음이 너무 구겨져서였을까.

　모두에게 다 만족스러운 반 편성 같은 건 없는 건데, 자꾸 그래도, 그래도, 다시 그래도 하는 생각이 들었다. 누군가는 자신이 가게 된 반을 보고 쓸쓸해할 것 같아서. 꼭 붙여주고 싶었는데 떨어뜨리게 된 애들이 있어서. 혹시나 내가 잘 몰라서 애초부터 놓쳐버린 게 있으면 어떡하지. 그런 생각들. 무던하다 얘기되는 애들이 슬쩍 뒷전에 놓인 것 같아서 너무너무 슬프고. 이름 하나 하나를 보면 또 눈에 밟히는 것들이 있고. 모두에게 최선의 언저리쯤 된대도, 누구한테는 최선이고 누구한테는 언저리일 거 아냐. 그런 걸 내가 결정해야 하는 건 좀 잔인하다는 생각이 들었다. 올 한 해 애들의 365일이 내 앞에 놓였던 것만으로도 충분히 벅찼는데, 다음

1년까지 내 영향이 미친다고 생각하면 가슴에 뭔가 얹히는 기분이었다.

내가 뭔데. 내가 뭐라고. 내가 뭐지. 더 구겨질 것도 없는 마음은 잘 수습되지가 않고 끝났지만 끝난 것 같지 않은 반편성이 지나간 뒤론 한참 멍했다. 최선의 언저리 같은 반 편성도, 반 편성 뒤에 올 애들과의 이별도, 그리고 또 아무렇지 않은 것처럼 다음 애들을 만나서 또 얘들을 세상에서 제일 사랑하는 것처럼 사랑해야 하는 것도 버겁다는 생각이 들었다. 기약 있게 누굴 사랑해야 하는 것도, 누군가의 인생에 내가 미치는 영향이 가시적으로 보이는 것도, 그런 것들을 의연하게 할 만큼 내가 단단하지 못한 사람인 것도 좀 견디기가 어렵다.

좋은 반사 나쁜 반사 이상한 반사

성우가 눈물을 주렁주렁 달고 나타났을 때는 절로 한숨이 나왔다. 형민이가 씩씩대며 성우를 노려보는 걸 보니 또 둘이 투닥거렸나 보다. 3일째였다. 2:1 맞짱 사건(애들 일기에는 '마짱갔따'라고 되어 있었음), 투석 사건(돌을 들고 장난을 치다 돌에 머리를 맞은 부상자 발생), 두유 사격 사건(두유를 물총처럼 쏘면서 놀고 투닥거리다가 서로 감정이 상해서 때림)을 수습하느라 혼이 쏙 빠질 지경이었는데 또 시작이라고? 반사적으로 "또?"가 튀어나오려는 걸 꾹꾹 눌렀다.

처음 애들이 마짱인지 맞짱인지를 깠을 때에는 수업시간

을 두 시간이나 빼서 지도를 했다. 내가 들었을 때 상처가 되는 말과 행동을 다 포스트잇에 써서 붙여보고, 종이에 사람을 하나 그려놓고는 포스트잇 속의 말을 읽어보면서 구깃구 깃 구겼다. 미안하다고 사과하고 좋은 말을 해서 종이를 펴더라도 구겨진 자국은 남는다, 뭐 그런 걸 직접 보여주려는 의도였다. 말과 행동이 주는 상처는 오래오래 마음에 남는다는 걸 알려주고 싶었던 거다.

애들은 곧잘 이해하고는 고개를 끄덕끄덕했고, 내가 시뮬레이션으로 만든 역할극에서도 모범적으로 싸움을 잘 중재했으며, 화가 나도 폭력은 안 된다며 손도장을 꾹꾹 찍었다. 분명 두 줄 노트에도 "친구에게 상처가 되는 말을 안 해야겠다." 같은 다짐을 써놓았던 것 같은데. 그런 건 실전에서는 잘 통용되지 않는지, 무려 그 수업을 한 지 두 시간도 지나지 않아서 또 서로에게 주먹을 날린 거다. 교육의 위기 같은 걸 이렇게 지근거리에서 체감해본 적이 없어서 아찔했다. 순간적으로 공교육 무용론에 동조할 뻔했다.

형민이가 먼저 얘기해보자, 그런데 형민이가 얘기할 때

에는 성우는 얘기하지 않을 거야, 형민이 얘기 끝나면 성우가 얘기하자, 이젠 입에 익은 멘트를 하며, '선생님이 혼내려고 하는 게 아님' 같은 온화한 눈빛으로 고개를 끄덕 끄덕였더니 줄줄 상황을 얘기한다. "아까 급식을 먹고 성우가 나를 놀렸고……."로 시작하는 그 순간, 끼어들기 없음을 말한 지 1분도 안 된 것 같은데 성우는 벌떡 "선생님! 아니에요!"를 외친다. "음, 잠깐만, 지금은 형민이가 말할 시간이잖아? 일단 들어볼까?"

　결국엔 이거다. 시작은 재미있는 장난. 그걸 반사, 또 반사하다 보면 슬쩍 기분이 상하고, 기분이 상한 쪽이 날카로움을 되쏘기 시작하면 어느새 싸움이 되어버린다. 짐짓 침착한 목소리로 "그럼 성우랑 형민이는 자꾸 반사하고, 또 복수하고, 그거에 또 복수하고 해서 올해 내내 서로 싸우고 때리면서 지내고 싶어?" 물어봤더니 잠잠하다. 역시 그건 싫겠지. 주춤한 기세를 타서 "왜 내가 친구를 놀릴 때는 아무렇지 않고, 친구가 나를 놀리면 기분 나빠할까?" 하고 물어봤더니 조금 머쓱해들 하는 것 같다.

머쓱하고 말랑해진 아이들을 어르고 달래가며 어찌저찌 화해를 시키고, 다시 또 성우의 보호자와 형민이의 보호자도 어르고 달랬더니(어른을 달래기가 훨씬 더 어렵다) 벌써 퇴근시간. 수업 준비를 하고 두 줄 노트 답장을 한다고 다짐했던 오전의 기세등등했던 나는 어디 있냐는 말이야. 지금 나에게 남은 건 뜨거워진 휴대폰과 다크서클 그리고 답장 안 한 두 줄 노트, 반사(半死) 상태인 몸?

가장 짜증 나는 점은 이래도 서로 '미안해…….' 하며 훌쩍이던 애들이 귀여웠다는 점이다. 이런 거나 좀 반사되면 좋겠네.

오래오래 믿고 싶은 어떤 마음

학교는 가장 마지막에 변하는 곳이자 로맨틱의 끝을 달리는 곳이다. 학교가 가장 마지막에 변하는 곳이라는 말을 처음 들었을 때에는 눈썹을 꿈틀하며 항변하고 싶었지만 그건 맞는 말 중의 맞는 말이다. 시대착오적인 교가(새나라의 일꾼이 되자!), 대체 왜 있는지 모를 규칙들(중앙 현관으로 다니지 말기), 라떼와 별로 달라진 것이 없는 학교의 면모들을 생각하면 망한 전통의 부역자가 되는 것 같은 느낌을 지울 수가 없다. 좀 질린다.

학교가 로맨틱의 끝을 달리는 곳이라는 말엔 갸웃할 수도 있겠다. 그렇지만 이렇게 많은 기념일들을 요란스럽게 챙겨본 건 처음인걸. 모르긴 몰라도 이렇게 이벤트 또 이벤트, 그다음 이벤트가 이어지는 직장은 이벤트 회사와 학교뿐일 것이다. 독도의 날(급식에 독도 케이크가 나옴), 북극곰의 날(북극곰 탈바가지 같은 걸 쓰고 구슬픈 노래를 불렀음), 식목일(교장 선생님이 나무를 심는 걸 구경하며 박수를 침), 애플데이(친구에게 사과를 주고 사과를 함. 이거 힙합이네요)… 그뿐인가? 친구 사랑 주간(한 주간 친구를 더 격렬하게 사랑한다), 꿈끼 탐색 주간(마찬가지로 한 주간 꿈과 끼를 요란스럽게 찾는다), 통일 주간(이하 동문). 이런 건 애인과의 기념일도 취사 선택하여 챙기는 나에게는 버겁다.

물론 교육적 의의 같은 걸 죄다 부정하고 싶은 것은 아니다. 어쨌든 이 전통의 수호자 면모와 로맨틱한 면모가 합쳐지면, 별 요상한 기념일을 오래도록 기념하는 당황스러운 풍토가 생긴다는 말을 하고 싶은 것뿐. 그래서 조건반사적으로 4월은 과학의 달이며 각종 대회를 한다고 생각하게 되는 것뿐. 이런 생각이 떠오를 때는 내가 정말 선생님이 다 되었구나 생각이 들어서 좀 싫다. 게다가 그걸 내가 진행하고 싶사해야 한다는 건 더 싫다. 맨날 뒤로 날아가던 물로켓, 과학이 빠져버린 그냥 상상화 같은 걸 만들어내던 내가 누굴 심사해요. 과학상자 안 가져온 친구에게 부품을 죄다 빌려줘서 나사가 심하게 빠진 발명품이나 만들던 내가!

　아무튼 나 때와 별로 달라지지 않은 종목들(물로켓 만들기, 과학 실험 보고서 쓰기, 과학 상상화 그리기, 과학 발명품 계획하기)로 대회에 출전'당하는' 아이들을 보면서 좀 심란했다. 발명 아이디어 산출에서는 '코로나 블루를 극복하기 위한 발명품 계획하기'가 주제였는데, 시작부터 난관에 부딪혔다.

　"선생님! 코로나 블루가 뭐예요?"

　"으응, 코로나가 생긴 다음에 너희의 생활은 어떤 것 같아? 많이 변했지?"

　"네! 원격 수업도 하고, 마스크도 쓰고 거리 두기도 해요!"

　"여행도 못 가요!"

　"급식실에 칸막이가 있어요. 그리고 엄마가 태권도장도 쉬라고 했어요."

　"그렇지, 선생님 삶에도 변화가 많았던 것 같아. 너희 말처럼 할 수 없는 것도 많아지고, 사람들과 만나는 것도 전보다 조심스러워지고, 여러 가지 변화가 생기면서 마음이 힘들어지는 사람들이 많아졌대. 코로나로 힘들거나, 슬프거나, 불안하거나 그런 마음을 사람들이 느끼는 걸 코로나 블루라고 해."

설명하는 내내 잘 설명하는 건지 아리송했지만 애들은 고개를 끄덕끄덕했다. 그렇지만 민경이는 번쩍 손을 들고 "전 캔디랑 오래 있어서 좋아요." 했다. 캔디는 민경이의 강아지다.

그랬더니 애들이 우르르 "줌 수업 힘들지만 지금 아니면 안 해봤을거예요!" 하고. "엄마가 회사에 안 가서 좋아요." 하거나 "맞아, 맞아. 로블록스(게임이다)도 많이 했어요." 하고 "코로나로 어디 많이 못 가니까, 가끔씩 여행 가는데 그 가끔 여행 가는 게 희귀하니까 더 좋아져서 좋아요!" 말했다. 그래 너희는 어떤 상황에서도 행복의 조각들을 찾는구나, 괜히 마음이 배시시해졌다. 사실 서린이가 "코로나는 싫지만 코로나 때 선생님이 담임인 건 좋아요!" 해줘서 더 그랬다. 어쩜 그런 말을 해?

"이 상황에서도 좋은 것들을 발견할 수 있는 너희를 만나서 선생님도 참 좋아. 그런 좋은 점도 있지만. 많은 사람들이 아프고, 할 수 없어지는 것들도 많으니까 이 상황에 도움을 줄 수 있는 방법이 뭐가 있을지 고민해보면 좋겠어." 하니 애들이 또 좀 진지하고 비장해진다. 좋아, 이쯤이면 잘 설명한 것 같다. 번쩍번쩍 손을 들고는 "선생님! 숙제 검사 로봇 해도 돼요?" "선생님! 이거 색칠해야 해요?" "선생님! 그림 뒷면에 그려도 돼요?" 같은 질문들을 여러 번 반복하긴 했지만 말이다. 애들이 열심인 게 보여서 나도 비장해졌다. 그리고 그 비장한 결과물들이 너무 사랑스러워서 나는 그만 찔끔 울고 말았다.

〈나는 자전거는 허벅지 운동이 됩니다〉는 성현이의 작품이다. "이게 왜 코로나 블루를 이겨내는 발명품이야?" 하고 물어봤더니 뭘 그런 걸 묻느냐는 식으로 "허벅지 운동이 되고 구름까지 날아갈 수 있으니까요!" 한다. 페달을 누르면 구름까지 날아가는 자전거를 생각했더니 나도 기분이 절로 좋아졌다. 정말로 코로나 블루를 이기는 발명품이 맞는걸? 이걸 40분 만에 개발한 성현이는 좀 대단하다. 진짜 개발되면 성현이랑 같이 타고 구름에 가기로 약속했다.

미랑이가 생각한 코로나 블루 극복 발명품은 〈도마뱀형〉이다. 미랑이는 도마뱀 친구가 있는데, 도마뱀 친구와 같이 있는 순간이 가장 행복하다고 한다. 미랑이의 발명품 〈도마뱀형〉에는 그 행복을 나누어주고 싶은 마음이 가득하다. 〈도마뱀형〉에는 멋진 기능들이 많다. 체인으로 다리가 움직이고, 버튼을 누르면 어깨에 올릴 수 있고, 좋은 말을 들으면 불빛이 반짝반짝 빛난다. 미랑이가 도마뱀이랑 친구가 될 수 있는 이유는 아마도, 친구 없는 누군가에게 선뜻 친구를 만들어주고 싶어 하는 애이기 때문이겠지. 모르긴 몰라도 그 마음은 코로나보단 훨씬 강력할 거다.

마스크 쓰는 건 다들 싫어하니까, 마스크의 대체품을 개발하지 않을까 했는데 애들은 역시나 상상 이상이다. 마스크를 재미있게 쓰는 방법을 개발하다니! 서린이의 발명품 〈마스크 총〉을 쓰면 "조금 파워가 쌘 공기가 나가 마스크가 날라간다". 손으로 끈을 귀에 끼우지 않고도 마스크를 쓸 수 있는 것이다. 이 발명품의 좋은 점(아이들이 재미있다고 생각한다, 손이 불편한 사람에게 마스크를 씌워줄 수 있다)이 너무 따뜻해서 나도 덩달아 포옥 빠져버렸다. 자기만 알아도 모자랄 것 같은 아이들이 나보다 더 깊고 넓게 무언가를 헤아릴 때, 마음이 찌잉—해지고, 그런 찌잉한 순간들이 차곡차곡 모이면 진짜로 무엇이든지, 할 수 있을 것 같은 기분이 든다. 웃음과 재미 같은 걸 잃지 않을 수 있을 것 같다.

민경이는 숙제를 "무한데로" 검사해주는 로봇을 만들었다. "선생님이 힘들기 때메" 만든 이 발명품은 비록 고장 나면 다시 사야 하고 "빼터리가 없음면" 꺼지지만 그럼에도 숙제 검사하기가 편하다고 한다. 기능이 아주아주 좋은 로봇인지, 그림 설계도 속 선생님은 아주 기분이 좋아 보인다. 이 그림을 본 나처럼……! 사실 자꾸만 하지 말라는 말을 해야 해서 슬픈 요즈음이다. 조금만 붙어 있어도 "거리 두기 하자!" 해야 하고, 마구 움직이는 수업도, 모둠별로 하는 활동도 하기가 어렵다. 틈만 나면 "마스크 쓰자." 잔소리를 해야 하고, 심지어는 줌이나 영상으로 아이들을 만나는 날들도 있으니까. 아마도 가장 답답하고 힘든 건 수많은 '하지 마' 속에서 거리 두기를 하고 있는 아이들일 것이다. 그럼에도 숙제를 검사하기 힘든 선생님의 어려움 같은 걸 먼저 떠올리다니. 민경이의 그림을 한참 쳐다보다가, 좀 울컥해지는 것 같아서 바닥을 보다가, 다시 하늘을 쳐다보다가 했다. "민경이도 코로나19로 힘들 텐데, 어떻게 다른 사람들의 어려움과 힘듦을 먼저 생각했어?" 하니 별것 아니라는 투로 "그냥 그게 먼저 생각이 났어요." 한다. 세상 사람들이 다 민경이처럼 생각한다면 코로나19 같은 건 별거 아닌 것처럼 느껴질지도 모르겠다.

지아가 그린 발명품은 〈사랑〉이다. 사람들이 아프지 않았으면 좋겠어서 만들었다고 한다. 이 발명품의 좋은 점(효과)을 지아는 이렇게 써두었다. "사랑으로 아픈 사람을 치료한다, 더 이상 아프지 않게 한다, 사랑은 소중하다, 아프면 사랑은 살 수 없다." 지아는 자기 작품이 망한 것 같다면서 자신 없어 했지만. 사람들이 아프지 않기를 바라는 지아의 마음은 절대로 망함 근처에도 가지 못할 거라고 말해주었다. 선생님도 사람들이 아프지 않았으면 좋겠어. 사랑이 소중하다고 생각해. 그 누구도 더 이상 아프지 않기를 바라. 정말로.

전염병이 많은 걸 바꾸어놓았다고, 절대로 이전으로 돌아갈 수 없을 거라고 말한다. 코로나19의 직격탄을 맞은 학교의 모습은 정말로 예전과는 달라 보인다. 책상 위의 가림막, 띄엄띄엄 놓여 있는 책상, 매일 매일의 발열체크. 거리 두기 안내판, 아이들의 마스크, 원격 수업, 자가 진단. 전에는 없던 것들. 아마도 정말로 많은 것이 달라졌을지도 모르겠다. 그러나. 그럼에도. 다른 사람의 어려움을 헤아리는 마음이 있다. 또 다들 아프지 않기를 바라는 마음이 있고. 모두에게 친구를 만들어주고 싶은 마음이 있고. 같이 자전거를 타자는 마음이 있다. 그런 건 달라지지 않았고, 앞으로도 달라지지 않을 거라 믿는다. 그런 것을 오래오래 믿고 싶다.

바퀴벌레도 우리 반이 좋은가 봐

교사가 교실에서 해야 하는 일에 벌레잡이가 들어 있는 걸 알았다면 진지하게 직업 선택을 다시 고민했을 것이다. 월요일 등교와 동시에 아이들은 우르르르 나에게 달려왔는데, 고작 이틀 안 봤다고 이런 환영을 해줄 리가 없어서 당혹스러웠다. 역시나 나를 반긴 건 별로 듣고 싶지 않은 소식이었는데 교실에 바퀴벌레가 나왔다는 것이다. 애들은 창문에 매달리다시피 해서 바퀴벌레를 구경하고 있었고, 바퀴벌레가 나왔다는 쪽의 아이들은 얼굴이 시퍼레져서는 꺅꺅 소리를 지르고 있었다.

"어, 일단 앉자, 자리에."

하루에 제일 많이 하는 말(앉아/ 앉을까/ 자리에 앉아/ 응 앉아)을 기계적으로 하고, 속으로 욕을 했다. 벌레 중 제일 싫어하는 게 바퀴벌레였다. 반질반질한 겉모습도 날개가 달린 것도 끈질긴 번식력도, 바퀴벌레와 관련된 모든 게 싫었다. 맘 같아서도 나도 애들이랑 같이 꺅꺅 소리나 지르고 싶었다.

그렇지만 그러면 안 되겠지. 내가 선생이니까. 교실에서 대개 가장 비극적인 것은 내가 선생이라는 점이다. 그것만 아니면 학교도 꽤 다닐 만한 곳일지도 모르겠지만. 아무튼 비장한 각오로 청소기를 붙잡고, 코드를 연결했다. 안경을 벗고(굳이 구체적으로 보고 싶지 않음) 청소기 머리를 분리했다. 호스로 바퀴벌레를 쭉 빨아들이자. 그럼 되겠지. 손이 덜덜 떨렸지만 티 나지 않기를 바랐다. 그건 뭔가 멋없으니까.

속으로는 요란을 떨었지만 차분하고 사무적으로 바퀴벌레를 빨아들였고, 다행히도 성공했다. 그동안 애들은 앉으라는 내 말 따위는 못 들은 척 우르르 몰려들어서 소리를 질렀고 나는 바퀴벌레보다 이 소란스러움에 질렸다. 제발 교무실까지 이 소란이 안 들리길, 교장 선생님이 모르는 척해주길. 무엇보다 청소기 필터 속에서 바퀴벌레가 조용히 운명을 다

해주길. 조용히 기도했다.

"선생님! 반이 너무 더러워서 바퀴벌레가 나왔나 봐요!"

"아냐, 우유를 남겨놔서 그래."

"걸레가 덜 말라서 바퀴벌레가 나온 거야."

"바퀴벌레도 우리 반이 좋은가 봐."

애들은 바퀴벌레가 나온 이유를 각양각색으로 추측했고, 교실이 더러운 것도 남은 우유가 뒹구는 것도 걸레가 더러운 것도 사실 같아서, 1교시에는 그냥 청소나 해야겠다 생각했다. (실제로 청소를 했다.) 물론 그 깨끗한 상태는 4교시 도덕시간에 종이 자르기를 한 이후에 누가 청소를 했냐는 듯 사라졌지만. 어쨌든 잠깐이라도 깨끗했으니까 좀 나아졌을 거라며 스스로 세뇌를 해본다.

그나저나 바퀴벌레도 우리 반이 좋은가 봐, 하는 걸 보면 애들도 우리 반이 좋은가.

그렇다면 다행이지만 바퀴벌레의 사랑은 좀 거부하고 싶다. 바퀴야. 그동안 별로 고맙진 않았고, 앞으론 보지 말자. 제발.

일탈과 이탈

아이스크림 한 통과 마카롱 대여섯 개가 마파람에 게 눈 감추듯 사라졌다. 운동부 여자애들의 식사량을 과소평가했나 갸웃했지만 벌써 1미터 피자와 떡볶이, 라면에 볶음밥까지 해치운 다음이었다. 이다음엔 뭘 먹어야 할지 잘 모르겠지만, 어쨌든 더 먹고 싶은 게 있다면 사줄 참이었다. "뭐 더 먹을래?" 했더니 서로 눈짓을 하고는 킥킥대더니 "아니에요." 한다. 제 입으로 뭘 더 사달라고는 안 할 것 같아서 "버블티? 빵? 치킨?" 하면서 표정을 살폈다.

버블티를 얘기할 때 얼굴이 환해지기에 만류에도 불구하

고 어플을 켰다.

"선생님 이제 돈 하나도 없는 거 아니에요?"

"곧 월급이라 괜찮음."

내 주머니 사정을 걱정해주는 듯 안 먹을 것처럼 굴더니만, 주문 창을 켜자마자 먹고 싶은 메뉴를 조르륵 얘기하는 게 제법 깜찍했다. 당도랑 얼음도 척척 선택하고, 뭘 추가해달라고 얘기한다. 애들의 고민하지 않는 확고한 취향, 명확한 호불호가 너무 좋아서 "야, 이렇게 분명한 거 완전 내 취향."이라고 했더니 막 까르르 까르르 웃는다.

"쌤, 이렇게 리드해주는 거 취향이에요?"

"리드는 누가 리드를 했냐, 안 먹을 것처럼 구는 거 코앞까지 들이밀어서 착착 원하는 거 사주는 내가 리드하는 거지. 얼탱이가 없어서."

"와, 그럼 선생님이 리드하는 취향이에요? 연상의 노련미 뭐 그런?"

내 취향과는 어째 멀어지는 대화를 계속 이어가봤자 본전도 못 찾을 것 같아서, 잠자코 결제나 했다. 콧방귀를 뀌며 대꾸도 하지 않는 내 어깨를 찰싹찰싹 때리며 애들은 "맞나 봐,

맞나 봐." 하면서 자꾸만 연하남이 어쩌고저쩌고 말을 한다.

미안한데, 난 연하도 싫고, 연하남에는 더더욱 흥미 없거든. 그렇지만 굳이 오해를 정정해줄 필요는 없겠지. 때아닌 연하남 타령에 심드렁해지던 찰나에, 미정이는 갑자기 선택지를 넓혀보자며 오빠랑 동갑 타령을 해댔다. 대꾸하기 귀찮아서 나는 아이스크림을 퍼먹었다. "아, 그러네. 그러네." 하고는 훅 넘어간 대화는 무슨 초등학교랑 붙었을 때 힘들었다는 얘기, 동계 훈련하기 싫다는 얘기를 거쳐, 5학년 반 편성이 맘에 든다는 얘기를 지나 4학년 때가 너무 좋았고, 내가 세상 최고의 담임선생님이라는 낯간지러운 얘기로 이어졌다.

머쓱해서 피스타치오 아몬드만 자꾸 퍼먹던 나는 사레가 켁켁 들려서, "야― 오글거려." 하며 황급히 설거지를 한다고 자리를 떴다. 애들이 버블티 고르듯이 확고하고 망설임 없이 내가 좋다고 말할 때 정말 어떻게 반응해야 해? 속으로는 막 너무 좋은데 '와―' 와 '어―' 사이의 애매한 소리만 내다가 고맙다고 웅얼거리게 된다. 얼굴이 홧홧해진다. 이건 연상, 아니 교사의 노련미도 간지도 뭣도 없잖아. 내가 이렇게 뭣도 없다. 이상적 교사상이 있다면 거기에서 한참은 이

탈했을 거야. 사실 훈련해야 하는 애들 꼬셔서 밥 사주는 것 자체부터 틀렸다.

하여간 아무것도 없는 나는 벌게진 얼굴을 휴지로 벅벅 닦았고, 각자의 취향에 맞춘 버블티를 쪽쪽 빨면서 또 무슨 얘기들을 했던가. 우정이는 갑자기, "선생님, 제가 꼭 국가대표 되어서 마카롱 많이 사올게요." 한다. 그 말을 시작으로 다들 마카롱을 사오겠다, 떡볶이를 갖고 오겠다며 다짐을 하고 그 말을 하는 애들의 표정이 너무 비장해서 조금 슬퍼졌다.

첫 번째, 나는 운동 잘하라고 맛있는 거 사주는 거 아님.
("헐, 그러면 왜 사주는 거예요?"
"너 바보냐? 우리가 좋아서 쌤이 사주시는 거잖아(??)")
두 번째, 국가대표 안 되어도 마카롱은 살 수 있음.
("아, 그러네?")
세 번째, 사실 선생님 마카롱 별로 안 좋아함.
("엥? 진짜요?")

대충 요상한 이유를 들어서 틱틱거렸더니 애들은 "그러네!" 한다.

방바닥에서 뒹굴거리던 민지가 "그러면 우리한테 뭐 바라는 거 없어요? 내년 대회에 우승하라든가, 프로에 갔으면 좋겠다든가." 하고 또 툭 뱉는다. 아니, 뭔 애들이 이렇게 목표 지향적이야. 나는 좀 삐뚜름해져서는 인상을 잔뜩 찌푸렸다. 그딴 거 없거든.

그딴 거 없다고 시작한 말이 줄줄 길어져서는. "힘들면 참지 말기! 그거 하나는 바라는 점이야! 쌤한테 말을 하든 믿을 만한 사람한테 말을 하든 말하기. 내가 이상한가? 뭐 이런 걸 가지고, 하는 생각 절대 금지. 못할 것 같으면 관두기, 그리고 누가 함부로 대하면 너도 망하게 해버려! 망하게 하는 방법 모르겠으면 전화해!" 하는 꼰대 같은 잔소리가 된다.

"망하게라니, 선생님이 그런 말 해도 돼요?" 애들은 킥킥거리다가 진짜 다 망하게 하자고 마구 웃다가 선생님은 진짜 이상하다고, 열심히 하라고 해도 모자랄 판에 자꾸 힘들면 그만하라고 한다고 양아치 선생님이라고 그랬다. 나는 뻔뻔하게 "야! 전부 다 열심히 하라고 하니까 한 명쯤은 응~ 힘들면 그만해~ 하는 사람이 있어야지." 그게 세상의 균형이라며 눈썹을 까딱거렸다.

너희가 국가대표가 되고 싶다면, 그게 진짜 되고 싶다면 나는 응원할 거야.

　아니 그거 말고 다른 게 되고 싶대도 말이야.

　아니 생각해보니 뭐가 되고 싶지 않아도 응원할 거야. 그렇지만

　누굴 위해서 무언가가 되어야 할 필요는 없어.

　너는 네가 아닌 그 무엇도 될 필요가 없어.

　지금도 앞으로도, 또 시간이 엄청 많이 지나도.

　대충 웅얼거리던 말은 나를 포옥 껴안아오는 애들(훈훈해 보이겠지만, 네 명이 우르르르 몰려오면 깔려 죽을 것 같은 위협감이 든다) 덕에 끝까지 하지 못했다. 으악, 떨어져라, 거리 두기 해라, 외치면서 잔뜩 밀어냈지만. 너희가 어떤 모습이라도 사랑할 거야. 뭔가 이루지 못한다고 스스로를 의심하지 않으면 좋겠어. 오래도록 그랬으면 좋겠어.

볼 빨간 하나가 선생님을 챙기는 방법

습관적 쿨한 척을 하지만 사실 쿨하진 않다. 인정하긴 싫지만 나는 겁이 많고, 아이들이 나를 싫어하면 어쩌지 매일 겁낸다. 4학년 교실에서 만난 하나는 탁, 겁부터 나게 하는 학생이었는데 걔는 인생 2회차 같은 표정으로 머리를 잔뜩 앞으로 늘어뜨리고는 인상을 팍 쓰면서 나를 노려보았기 때문이다. 애들의 시니컬함이야, 뭐 하루이틀 일은 아니었고 자신이 있었다. 나는 객관적으로나 주관적으로나 재밌는 선생이니까. 걔가 날 싫어하기도 어려울 터였다. 걔가 날 어떻게 생각하든 난 괜찮아, 같은 씩씩함을 가장할 수 있었고 그걸 무기로 하나에게 차근차근 다가갈 계획이었다.

넘치는 자신감으로 첫날도 두 번째 날도 슬그머니 하나에게 말을 걸었다. 하나는 대꾸가 없거나 모기만 한 목소리로 딱, 단답만 하곤 했다. 슬쩍 하나 쪽으로 다가가면 나를 발견한 다음 획− 하고 돌아선 뒤 총총총 빠르게 사라졌다. 그렇지만 걔가 말을 하지 않는 학생인가 하면 그건 아니었는데, 덤벙거리는 내가 잊어먹고 마는 여러 가지 규칙들을 걔는 잘 기억했다. 조용하지만 분명한 목소리로 "발열 체크, 해야 해요." 하거나 "이번 시간 전에 지난 시간에 덜 한 노트 필기 검사한다고 했어요." 같은 걸 얘기했다. 내가 까먹은 걸 하나가 말해주는 일이 반복되자마자 섬칫, 하면서 하, 하나가 날 싫어하면 어쩌지, 하는 생각이 들었다.

마라톤(하나의 전 담임이다)을 찾은 건 그래서였다. 어디서부터 말을 꺼내야 할진 모르겠지만, 하나 얘기를 들어보고 싶었달까. 다른 애들은 무슨 생각을 하는지, 뭘 알고 싶은지 그런 게 눈에 보이는데 하나는··· 방탄소년단 얘기나, 우리 집 고양이 사진 보여주기 같은 '쪼렙' 기술로는 사로잡을 수 없었다. 하나는 어린이라기보단 교장 선생님 같은 위엄이 있었고 그래서 전 담임으로부터 '공략집(?)'이라도 받고 싶었던 것이다. 하나가 날 싫어하는 거 아닐까, 하고 말을 꺼내자, 마라톤은 "에엥-?" 하더니 깔깔깔 웃었다. 이번 주에 자기네 교실에 두 번이나 와서 4학년 선생님이 너무 좋다고 말했다는 것이다. 이번에는 내가 "에엥-?" 했다.

무슨 소리야. 나한테 완전 정색한다고. 나 사실 수업하다가 하나 표정 보면 내가 뭐 잘못하고 있나 싶어서 눈치 보인다고! 내 수업 재미없다 생각하면 어쩌지 걱정된다고!

괜히 마라톤을 잡고 징징거렸지만 마라톤은 마구 웃었다. 걔가 수줍음이 많고 규칙을 잘 지키긴 하지만, 선생님을 엄청 좋아한다는 것이다. 도망가는 것도 정색을 하는 것도 수줍음의 일환이라나. 선생님을 좋아하면 집에서는 자꾸 좋다고 말하고, 자세히 보면 말을 걸 때 볼이 빨개진다는 것이다.

뭐야. 너무 사랑스럽잖아. 수줍어서 볼이 빨개지고, 말을 걸면 휙 돌아서지만, 사실은 선생님을 좋아하는 아이라니. 나는 하나의 비하인드 스토리에 완전히 매료되고 말았다. 하나가 날 그렇게 싫어하는 건 아니라는 것! 사실은 엄청나게 좋아하고 있다는 것이 학생 보호자 상담을 통해서 더 확고

해졌다. 어쩐지 믿는 구석이 생긴 나는 하나에게 조금 더 능글맞게, 조금 더 적극적으로 들이댈 수 있었다. 꼼꼼한 선생은 못 되어서 하나의 도움을 받는 건 똑같았지만 그때마다 하나의 빨개진 볼을 보면 괜히 기분이 좋아서, 더 많은 것들을 까먹고 싶어졌다. 하나가 더 도와줬으면 좋겠어서.

언제부터였는지 모르겠다. 하나는 여전히 인생 2회차 같은 예의 그 표정이었지만, 나는 걔의 그 표정 속에서 걔가 기쁜지, 슬픈지, 속상한지, 할 말이 있는지, 그런 걸 알 수 있게 되었다. 나 역시도 늘 똑같이 명랑하고 씩씩하게 굴었지만, 하나에게는 다 읽히는 것 같았다. 기운을 내려고 애를 쓰고 있으면 걔는 볼이 빨간 채로 나한테 와서는 사탕 하나를 앞에 두고 총총총 뛰어 도망갔다. 그럼 나는 두 줄 노트에 '고마웠어' 같은 답장을 썼다.

어느 순간 하나의 두 줄 노트에도 슬그머니 시간표 말고 다른 이야기들이 더해졌다. 오늘은 어떤 수업이 재미있었고, 무엇이 힘들었고, 집에서 무얼 했고, 뭐 그런 것들. 가끔은 '선생님은 무얼 좋아해요?' 같은 질문을 해오기도 했다. 내게 물어주는 게 괜히 고마워서 나는 길고 과한 답장을 꾹꾹 눌러썼다. '선생님 선생님' 하면서 나에게 마구 달려와 안기는 아이들도 예뻤지만, 적당한 거리에서 뱅뱅 맴돌다 쑤욱, 다가오는 듯 도망치는 하나가 자꾸 눈에 밟혔다. 눈이 마주치면 '너는 알지?' 같은 표정을 지었다. 하나가 배시시 웃는 것도 같았다.

하나가 내 손을 꼬옥 잡았던 때를 기억한다. 숲 체험을 가던 날, 하나는 주춤주춤 다가오더니 내 손을 꼬옥 잡고, 그대로 빙빙 돌았다. 볼이 잔뜩 빨개진 채 하나가 돌리는 대로 빙글빙글 돌다가, "으아, 어지러워!" 했더니 하나가 깔깔깔깔 웃었다. 괜히 "떨어져어~" 하면서 마음에도 없는 소리를 했더니 청개구리처럼 내 팔을 잡고 매달리던 하나. 그걸 보곤 다른 친구들도 "와아아~" 하면서 나에게 달려들었다. 덕분에 몸살이 났지만. 그래도 좋았다. 하나가 나한테 장난도 친다고 온 학교에 자랑하고 싶은 마음이 들었다.

헤어지던 날 하나는 책상에 머리를 푹 묻고는, 아무리 말을 걸어도 고개를 들지 않았다. 반 편성을 알려주어도, 통지

표를 나눠주어도 묵묵부답이었다. 친구들이 쿡쿡 찔러도 꼼짝을 안 했다. 애들에게는 하나에게 조금 시간을 주자, 하고 대수롭지 않게 말했지만 저걸 어쩌지, 처음 겪어보는 상황에 조바심이 났다. 마음이 무거웠다.

푹 고개를 숙인 하나 옆에서 "선생님은 언제든지 볼 수 있을 텐데……!" 하고 말했다. 언제든지 찾아오라고. 네가 오고 싶을 때는 언제든 보러 오면 된다고 주절거렸다. 대답이 없는 하나를 잡고 이런저런 얘기를 하다가 힘이 빠져서 나도 고개를 푹 숙였다. 사실 나도 그때 울고 싶었던 것 같다. 그렇게 한참을 같이 고개를 푹 숙이고 있다가. 결국 정적을 깬 건 하나였다. "선생님, 2시에 회의라면서요?" "아, 맞다!"

마지막까지 나를 챙겨주던 하나. 눈물의 이별을 한 것치고는 너무 가까운 교실이 되어버려서 머쓱할 정도로 자주 보지만. 걔랑 눈을 마주치고 싱긋 웃으면 나는 언제고 작년의 숲으로 돌아간 것만 같다.

하나의 빨간 볼을 자주 생각한다. 두드리고 두드려도 답이 없는 것 같은 상황 앞에서. 밑 빠진 독에 물을 붓는다는 생각에 지칠 때. 막막해서 먹먹해지는 상황에서. 주춤주춤 사탕을 내밀고 도망가던 하나를 생각해보면 어쨌든 무엇이든 놓아버리지는 않아야지 하는 마음이 들고.

　　하나를 현성이를 새롬이를 두호를 정연이를 또 은지를
　　민준이를 한결이를 미정이를 주안이를 혜인이를 보름이를
　　만나왔던 만나고 있는 만날 많은 아이들을 붙잡고 무너지지 말아야지. 단단해야지. 살아야지.

3부. 이게 최선임을 확신합니다

요가를 향한 마음

"나는 네가 어디에 있든 알아볼 수 있어. 어디서든 너만 보여."

요가 매트에게 느끼한 고백을 해본다. 나는 비슷비슷한 요가 매트들이 잔뜩 쌓여 있는 곳에서도 내 요가 매트를 바로 찾아낼 수 있다. 이유는 잘 모르겠다. 그냥 딱 이거 같아서 집어 들면 그게 내 요가 매트다. 그러니 요가 매트에 대해서는 좀 각별해지고 느끼해질 수밖에 없다. 나에게는 두 개의 요가 매트가 있는데 이름은 각각 '팔공산'과 '만덕봉'이다. 우리 집에 있는 애가 팔공산이고, 요가원에 있는 애는 만덕봉이다.

초, 중, 고 내내 교가에는 팔공산이 나왔다. 팔공산의 빼어난 정기를 받고, 팔공산 아래에서 어쩌구저쩌구. 뒷부분은 조금씩 달라도 도입부는 한결같이 팔공산의 차지였다. 나는 그게 불만이었다. 아무리 정기가 좋은 산이라도 수많은 초중고등학생들에게 기운을 나눠준다면 기력이 닳을 것 같았다. 1인에게 할당되는 팔공산의 정기는 너무 미미해 보였다. 자꾸 부르니 팔공산과의 내적 친밀감은 쌓였지만 별 특별한 기운과 정기를 받지는 못했다. (정기의 실체를 느껴본 이가 있으면 제보 바람.)

졸업만 하면 교가는 땡인 줄 알았는데 내가 선생이 될 줄이야. 시간이 한참 흐르고, 지역도 바뀌었는데 산 이름만 바뀌었다 뿐이지 그놈의 교가는 또 뻔했다. 만덕봉의 기운 받아 자라는 어린이! 그나마 팔공산은 산이라도 되었지 얘는 봉우리인데 아이들에게 나눠줄 기운이 있을까. 어쨌든 계속 교가를 부른 탓에 만덕봉과도 내적인 친밀감만 쌓였다. 팔공산, 만덕봉. 별로 가본 일이 없지만 착착 붙는 이름. 아무튼 그 요상한 산과 봉우리가 내 요가 매트의 이름이 된 이유는 매트 위에 올라가는 일이 나에게는 등산 그 이상의 결심이 필요한 일이기 때문이다.

요가를 하는 데 필요한 것이 무엇일까? 유연성과 근력, 평온한 마음? 어쨌든 그 모든 것은 정확히 나에게 없는 것이었다. 그러니 학창시절에도 덕을 못 봤던 산과 봉우리의 정기에라도 의존해보고 싶은 것이다. 모두 각자의 그릇에 부족한 것들을 차곡차곡 채워낸다면, 나는 그 그릇이 밑이 빠지거나 없어서 도자기부터 빚는 상황이랄까. 고등학교 시절부터 재수까지, 재수를 넘어 대학생활 내내 운동과는 담을 쌓았고 몸에 안 좋다는 것만 골라서 했다. 과로, 밤샘, 스트레스 받기, 자극적인 음식 섭취, 다이어트, 아등바등거리면서 몸과 마음을 버려온 시간들은 정직하게 몸에 드러났다. 과장 없는 이판사판이었다.

요가 선생님은 말을 고르고 골라서 "아, 음, 일단 어디서부터 손을 대야 할지는 모르겠지만 어쨌든 확실히 요가의 효과를 보실 것"이라 얼버무리셨다. 더 나빠질 게 없다는 말

같았다. (후에 실제로 그런 말씀이 맞았다고 했다. 쳇.) 제대로 소화할 수 있는 자세가 없다시피 했는데 그렇게 엉망이어서 다행이었다. 내 요상한 긍정적임과 극단적인 재능 없음의 콜라보로 요가를 쭉 할 수 있었기 때문이다. 왜, 사람을 미치게 하는 것은 애매한 재능이지 않나. 적당히 뛰어나면 범접할 수 없게 뛰어난 사람들이 질투 나고, 조금만 더 하면 될 것 같아서 마음이 아슬아슬해지지만. 너무 엉망진창이면 마음이 넉넉해진다. 헛웃음이 나오는 것은 덤이다.

이마와 정강이를 붙입니다. (내 정강이와 이마는 모범적인 사회적 거리 두기 상태입니다.) 왼쪽 팔로 오른쪽 다리를 잡습니다. (다리가 두 배가 더 길어져도 못 잡을 것처럼 보이는데요.) 손등과 발바닥이 가까워집니다. (전혀 아닌데요?) 가슴 아래에 수건을 깔아줍니다. (가슴이 바닥에 닿지 않아서 수건을 깔 필요가 없네요.) 각종 구령들이 나에게는 너무나 해당 사항이 없었다. 안내의 사각지대에서 물음표만 잔뜩 띄웠다. 무릎이 닿지 않는 사람은요……? 발끝이 닿지 않는 사람은요……? 같은 걸 늘 물어볼 수도 없으니 어째 눈치로 흉내 내는 것만 늘었다. 하나를 선택하면 하나를 버려야 하는 순간들에 무엇을 버릴 것인지 고민했다. (한 번에 내려가면, 발뒤꿈치가 들림. 발뒤꿈치를 닿게 하려면 발을 주섬주섬 당겨야 함. 어떤 걸 버려야 할까?)

내 거친 호흡과~ 불안한 동작과~ 그걸 지켜보는 선생님. 이건 확실히 전쟁이면 전쟁이지 나마스떼와는 거리가 멀었다. 웃겨서 죽을 것 같았다. 안내 멘트에서 소외되는 것도 그래서 혼자 이상하게 끙끙대는 것도 고민하는 것도 어이없어서 웃음이 나왔다. 선생님의 안타까운 듯 나라 잃은 표정을 보면서 안 웃으려고 어금니를 꽉 깨물었다. 뭔가 애는 쓰는데 별 효용은 없고 흉내는 내는데 몸은 바들바들 떨리고. 하씨, 웃을 일이 아닌데 웃겼다. 또 쓸데없이 상상력만 좋아서 자세 이름마다 요상한 이미지가 떠올라서 또 웃겼다.

이건 좀 할 말이 많은데, 자세 이름은 대체 누가 짓는 거지. 간장공장공장장에 넣어도 될 것 같은 살람바사르방가사나, 파리푸르나나바…… 뭐라고요? 자세를 따라 하지 못하는 것은 물론이요, 이름도 제대로 발음이 안 된다. 입으로 파리푸르나나바아사나…… 같은 걸 따라 해보다가 또 피식.

대체 요가에는 웃음 버튼이 몇 개인지 모르겠다. 자세 이름을 한글로 풀어서 말씀해주실 때가 더 위험한데, 반(牛) 물고기의 왕 자세 같은 이름을 들으면 펄떡거리는 물고기의 상체, 그의 머리에 걸려 있는 왕관 목걸이, 같은 것이 생각나서 혼자 또 입술을 꾹 깨무는 것이다. 사실 제일 웃긴 건 그 자세를 반의 반도 안 되는 물고기의 신하 자세 정도로 어정쩡하게 하는 나지만. 나만 웃긴 것 같아서 좀 머쓱하다.

아무튼 이 일촉즉발 이판사판의 웃음 참기를 희한하게 1년 반 동안이나 꾸준히 하고 있는 걸 보면, 아마도 만덕봉과 팔공산의 정기가 정말 깃든 것인지도 모르겠다. 별 성과가 없어도, 오늘은 팔공산에 올라갔어! (다들 내가 등산 마니아인 줄 안다.) 같은 말로 정신 승리를 할 수 있었기 때문일까? 매트 위에서 한 건 흉내 내기, 눈치 보기, 고민하기, 웃음 참기 정도인 것 같은데. 가끔 안내 멘트의 사정거리 안에 들어왔음을 느껴서 좀 당황스럽다. 아니, 정강이와 이마가 닿는다고요? 이게 왜 닿지? 같은 순간들이 좀 있다. 전이라면 이상한 외계어처럼 느껴졌을 살람바사르방가사나 같은 게 뭔지 알아먹을 수 있게 되기도 했다. 몸이 대충 반응한다. 무슨 말인지 알아먹으니 예전처럼 웃음이 안 난다. 그건 좀 아쉽기도 하고.

요가 매트 위에서의 시간들은 내가 나 스스로를 온전히 받아들일 수 있는 힘을 길러주었다. 부족하거나 어긋나더라도 흉내를 내는 법을, 잘하지 못해도 반복하는 법을 나는 거기에서 배웠다. 요가 매트에 털썩, 앉아서 오늘은 산에 올라갔으니 이 정도면 됐다! 라고 뻔뻔하게 말할 수도 있게 되었다. 이제는 자그마한 나아감에 성취라는 이름을 붙일 줄도 안다. 내 택도 없는 부족함에도 웃음이 나는 걸 보면 정작 길러진 것은 마음의 근육들이 아닌가 싶기도 하다. 이제는 덜 웃고 더 그럴듯한 자세를 하는 걸 보며 요가 선생님은 깜짝 놀라시지만. 뭐 꼭 그럴듯한 걸 하거나 누굴 놀라게 하지 않아도 괜찮다는 생각이 든다.

꼭 완벽한 자세를 만들지 못하더라도, 오늘도 꿈틀거리는 내 몸통과 거친 호흡에 웃음이 터지더라도 온전히 나를 위해 땀을 흘리는 시간이 있다면 그걸로 충분할 것이다. 어제의 나와 오늘의 나를 별로 싸움 붙이고 싶지 않다. 팔공산과 만덕봉에서 쌓아간 시간들은 어제와 오늘과 내일의 나에게 조금의 웃음과 또 조금의 단단함을 줄 것이다. 그거면 정말이지 됐다.

넘어지는 연습을 하다 보면

요가원에서 나는 압도적으로 못하는 학생이었기에 마음이 편했다. 한 시간 동안 내가 하는 것은 요가라기보다는 요가가 되기 위해 노력하는 어떤 몸짓이었다. 정상성에서 한참 벗어났기에 자연스럽게 창의성이 쑥쑥 자랐고, 선생님이 무슨 동작을 하든 따라갈 수 없었던 나는 자연스럽게 동작을 해체, 재구성하여 리믹스해버렸다. 이거 힙합이네요. 힙합 정신으로 뚝딱거리면서 움직이고 있으면 절로 웃음이 나왔다. 불구덩이는 바로 여기였다. 내 거친 호흡과, 불안한 동작과, 그걸 지켜보는 내가 있는 여기.

선생님은 욕심을 내지 않고, 할 수 있는 만큼만 하라고 하셨고. 욕심은 조금이라도 할 수 있는 자의 전유물이었으므로 나는 자연스럽게 선생님의 말씀을 따를 수 있었다. 요가의 세계에서 나는 무소유의 행복을 만끽했고 무슨 동작이 되고 안 되고를 따지기엔, 되는 동작이 손에 꼽을 정도로 적었기에 이 모든 것이 그저 웃겼다. 갓 태어난 고라니처럼 매트 위에서 비틀거리는 나도 웃기고, 그걸 슬쩍 못 본 척해주는 회원님들도 웃기고, 그런 나에게 끄덕거리는 요가 선생님도 웃겼다. 왜 끄덕여주시는 건데요!

그렇게 웃음을 참으며 뚝딱거리는 시간이 한 달, 두 달을 넘어 6개월, 1년이 되어갔을 때, 무소유 정신으로 욕심 없이 다닌 것이 문제였을까. 나는 비약적인 발전을 하게 되는데 (그리고 나의 목에 걸리는 합격 목걸이) 동작 하나하나가 그럴 듯해질 때마다 선생님은 감격하시며 "어머, 지윤님……! 이제 몸이 숙여져요!"(원래 숙여져야 한다.) "어머 지윤님…… 이제 목이 조금 펴졌어요!"(원래 펴져 있어야 한다.) 같은 칭찬을 해주셨다. 그런데 이거 정말 칭찬이 맞는가?

아무튼 내 발전상은 아기 고라니 시절을 생생하게 지켜본 요가원의 회원들을 감동시키기에 충분했고 그들은 감탄을 아끼지 않았다. 인간 승리의 아이콘, 매일 열심히 하더니 엄청 좋아진 사람, 우리도 저분처럼 열심히 하자 속의 저분이 된 것은 당황스러웠지만, 열심히 한다는 말을 스리슬쩍 건네며 떡도 주고 레모나도 주는 회원님들을 미워할 순 없었다. 받은 떡과 레모나만큼 잘해야 할 것 같아서 어쩐지 좀 부담스럽긴 했지만.

언제나 나를 가장 힘들게 하는 것은 더 나아질 수 있다는 사실 그 자체와 그걸 부여잡고 조금만 더 조금만 더를 외치는 나이므로. 요가의 세계에서 조금 더 자란 고라니가 된 순간부터 무소유의 해맑음은 누리기 어려워졌다. 그전까지는 고난도 동작에서 내 쪽을 향해서 구세주처럼 웃으며 "휴식하세요~" 말씀하시던 선생님이, 눈을 피하는 나를 끝까지 쳐다보시며 "하실 수 있어요!", "해보세요!" 하며 태세를 전환하셨다. 예? 저요? 같은 눈빛을 보내며 슬금슬금 도망쳐도 자꾸만 다가오는 선생님의 "할 수 있어요!" 하는 기대는 정말이지 부담스러웠다.

나는 왜 누군가의 기대에 부합하기 위해 노력하는 인간일까. 할 수 있다는 선생님의 말에, "선생님이 뭘 알아요!" 할 용기가 없는 나는 별 성과가 없어도 울며 겨자 먹기로 생전 처음 보는 요상한 동작들을 시도하게 되었다. 별 성과는 없지만, 더 이상 그게 그렇게 웃기지 않은 순간에 다다르자 조바심이 났다. 아마도 불가능할 거라 생각하면서 '머리서기'를 시도할 때도 전전긍긍한 마음 반, 아무런 기대 없음이 반. 그렇게 애매한 마음으로 다리와 머리가 가까워졌을 때 몸이 훅, 앞으로 쏠리더니 다리가 스르륵 올라갔고, 고꾸라질 것 같다고 느끼는 순간.

쿵―

앞으로 쏟아졌다. 고요하고 평화로운 인도 음악이 흐르는 요가원에서 쿵 소리와 이어진 내 단말마의 비명은 충분히 요란했다. 나마스떼적 표정으로 머리서기를 하거나 쉬고 있던 회원님들은 다 걱정이 가득한 눈으로 나를 쳐다봤다. 하씨 이럴 때는 좀 모르는 척해주지, 선생님도 눈이 접시만 해져서 내 쪽으로 종종 달려오셨다.

주목받기 싫었던 나는 최대한 아무렇지 않게 다시 다음 동작들을 따라 했고 여기까지였다면 슬프고 쪽팔린 이야기 1에서 멈추었겠지만. 역시나 비극은 요가 선생님이 이런 나에게서 나아질 수 있는 가능성을 보았다는 데에 있다. 힙합 정신은 내가 아니라 요가 선생님에게 있는 것은 아닐까. "지윤님, 오늘 너무 잘하셨어요. 이제 다리를 들 수 있으니까, 두 다리를 고정하고, 앞으로 굴러서 넘어지는 연습을 할게요."

서는 것도 아니고 넘어지는 연습을 한다니. 시작도 전에 망하는 걸 연습하는 건가 싶었지만. 선생님은 앞으로 떨어지는 걸 자꾸 연습해야 다리를 뻗고 설 수가 있다고 했다. 그래야 무섭지 않다고. 맞아, 생각해보면 툭 떨어지고 나서 보니까 생각보다 넘어지는 게 별거 아닌 것 같기도 했다. 나를 포기하지 않는 선생님(아마도 전생엔 설리번 선생님이었을 거다)의 손에 잡혀서 앞으로 구르기, 구르면서 두 발을 동그랗게 말기 같은 연습을 한 나는 정말 두 손 두 발을 다 들었다. 뻐근한 손가락 마디마디에 시커멓게 멍이 들었다.

머리서기를 할 수 있을까. 잘 모르겠다. 여전히 나는 떨어지는 것밖에 할 줄 모르지만. 그래도 나, 점점 프로페셔널하게 떨어지고 있는걸. 떨어지고 넘어지는 것에 익숙해지면 거짓말처럼 다리를 후욱 올리는 날이 올지도 모르겠다. 그날이 아주 멀리, 멀리 떨어져 있더라도 뭐 어때. 생각해보면 굳이 머리로 서야 하는 이유 같은 건 없다. 애초에 그런 건 없었다.

그렇지만 크고 작은 나의 떨어짐들을 딛고 언젠가는 훅, 거꾸로 서 보이고 싶은걸. 아무런 변화가 없는 것처럼 보이는 순간들에 보채지 않아야지. 그래도 멈추지 않아야지. 마구 욕심부리지 않아야지. 차곡차곡 시간을 쌓아야지. 나를 지금 여기까지 데려다준 것, 그런 것들을 믿어야지. 무엇보다 나를 믿어야지. 요가 매트를 꾹꾹 말면서 긴 다짐을 마음에 꼭꼭 새겼다.

내 방식대로 쉼표 찍기

러닝을 다시 시작한 건 순전히 러닝이 우울감 개선에 좋다는 말 때문이었다. 학교에서 전례 없는 스트레스를 받고 있었고, 아무리 노력해도 바뀌지 않은 무언가와 씨름하고 있는 느낌을 그만 느끼고 싶었다. 내게 필요한 건 언젠가 끝난다는 확신을 가질 수 있는 것, 노력을 통해 나아지고 있다는 감각. 그런 거였다. 좀 덜 칙칙하게 하루하루를 보내고 싶었다. 이 상태에서 벗어날 수 있다면 썩은 동아줄에라도 매달리고 싶은 기분. 사실 그건 지금도 마찬가지지만.

그렇게 시작한 러닝 어플리케이션은 전반적으로 과했다. 지나치게 쾌활한 안내 멘트는 우선 말이 너무 많았고, 궁금하지 않은 러닝 팁을 줄줄줄 읊어대다가, 시도 때도 없이 격려를 했다. 별 대단치도 않은 순간에 '와! 대단합니다!'를 반복하는 건 괜히 약 올리는 것 같아서 싫었다. 이게 우울감 개선에 도움이 된다고? 뛰는 순간순간 점점 더 시니컬해지는 나를 느끼며 마음이 짜게 식었다. 곧 그만둘 것 같다는 생각을 강하게 했다.

그리고 무엇보다, 왜 힘든 건데? 비록 어릴 때, 아주 잠깐이지만 육상선수 경력(그땐 단거리를 뛰긴 했다)에 자부심이 가득한 나는 뛰는 거라면 좀 자신 있었는데. 겨우 1분을 뛰고 헥헥거리는 나를 마주하는 건 영 별로였다. 매일 요가 두 시간과 근력 운동까지 하는데 고작 달리기 몇 번에 나가떨어지고 나니 자존심이 팍 상하는 것이다. 헉헉대며 시간을 보면 달리기 시간이 한참 남아 있었다. 이러다간 없던 우울감도 생길 것 같았다.

그렇게 꾸역꾸역 달리던 어느 날, 달리기 인증샷을 보던 반존대(친구이다)는 너 달리기 속도가 너무 빠른 게 아니냐고 물어왔다. 몇 번 빠르게 뛴다는 말을 듣긴 했지만, 그런가? 하고 넘겼는데. 반존대는 이건 거의 전속력 달리기 후 헥헥거리기의 반복인 셈이라고 관절에 무리가 갈 수도 있다고 말했다. 걔가 너무 심각하게 얘기하는 바람에 나도 덩달아 진짜 그런가? 심각해졌다. 생각해보니 전속력인지는 모르겠지만 어쨌든 뛰고 헥헥거리기라는 점은 반박의 여지가 없었다. 뛰고 나니 발목이 욱신거리는 것도 같았는데, 아무래도 빨리 뛰는 것이었을까?

그다음 달리기부터는 의식적으로 속도를 늦추었다. 발이 저절로 빨라질 때에는 별로 궁금하지 않은 '안내 보이'의 수다에라도 집중하면서 천천히 달렸다. 지난번보다 훨씬 긴 시간 동안 뛰는데도 하나도 힘이 들지 않았다. 진짜 얼마 안 뛴 것 같은데도 에엥? 하면 시간이 끝나고, 다시 걷는 구간이 찾아왔다. 너무 안 힘들어서 어이가 없었다. 러닝이 끝나면 늘 바닥에 널브러져서 거의 기어 다녔는데, 이번엔 끝나고도 몸이 개운하고 쌩쌩했다. 사실 페이스로 보면 그다지 느려진 게 아닌데도 말이다.

지금까지 가능한 것 이상으로 달리고 있었는지도 모르겠다고 생각했다. 어디가 한계인지를 모르고, 지금 이대로 괜찮은지, 발목이 아픈지 어쩐지 별 생각도 없이. 아마도 반존대가 심각하게 말하지 않았다면 한 번도 생각해보지도 않고 냅다 달렸을 것이었다. 그게 내가 일상을 살아왔던 익숙한 방식이기도 하니까. 어디까지가 한계인지도 모르고 냅다 달린 다음에 지쳐서 기어 다니는 것. 오버 페이스. 스스로를 잘 돌보지 못하는 것. 정말 별로라고 생각하면서도.

조금만 속도를 늦추니 다른 것이 보였다. 저무는 일몰의 하늘 색깔. 각도를 틀 때 보이는 나무. 우레탄 트랙에 닿는 발바닥, 발을 구를 때의 느낌. 달리기할 때 가빠졌다 다시 잔잔해지는 호흡. 그런 것. 꾸역꾸역 달리지 않을 때 비로소 보이는 것들(혜민 스님의 책 제목 비스무리해져서 마음에 들지 않지만)이 나쁘지 않아서 괜히 벅찼다. 진짜 딱 쪼금만 천천히 갔으면 되었던 건데.

일상을 사는 나도 딱 한 템포만 늦추면 되는지도 모르겠다. 조급함도 조금만, 책임감도 조금만, 이렇게 저렇게 해야 된다는 생각도 조금만. 그런 것들을 내려놓은 자리에 지금까지 놓쳤던 무언가들이 들어차지 않을까, 괜히 기대해본다.

물론, 그 속도를 줄이는 일이 쉽지는 않겠지만.

그래도 언젠간 쉼표를 찍을 수 있겠지. 모두에게 쉼표를 찍는 각자의 방법이 있듯이. 나의 리듬으로 흘러갈 수 있도록 내 방식대로의 쉼표를 찍을 것이다.

이를테면 할부의 방식으로

유튜브로 요가 영상을 보고 따라 한다. 숨이 턱까지 차고 다리가 터질 것 같아서 흘긋, 마우스를 하단 바 쪽으로 내린다. 빨간 선은 아주 찔끔 움직여 있다. 아직 절반은커녕 3분의 1 지점도 안 지난 거다. 어쩐지 아득한 기분이 들었다. 힘들어 죽겠는데, 아직 왜 이렇게 많이 남았지? 이걸 어떻게 끝까지 하지? 다리에 힘이 풀려서 주저앉고 싶었다.

　삶에 대해서도 비슷한 기분이 든다. 이쯤 하면 된 것 같은데, 왜 이렇게 많이 남았지? 살아가야 할 날들을 생각하면 아득하고 막막하다. 아직 절반쯤도 지나지 않았다는 게 믿어지지 않는다. 쟁기자세가 겨우 끝났는데 머리서기를 하라는 요가 시퀀스처럼 삶은 나에게 과한 것을 요구한다. 이걸 어떻게 끝까지 하지? (사실 나는 둘 다 할 수 있다.) 울고 싶은 기분이 들었다.

최근에 읽은 송지현의 〈이를테면 에필로그의 방식으로〉에는 이런 구절이 나온다.

그는 내가 당시 만나고 있던 사람과 헤어졌다는 사실을 알고, 위로를 대신하여 나를 안아주었다. 그때 나는 소스라치게 놀랐는데, 그동안 껴안았던 연인의 몸과는 너무도 다른 질감과 두께를 가지고 있었기 때문이다. 자연스레 내가 앞으로 얼마나 더 많은 품에 안기거나 촉감이 다른 손을 잡게 될지 상상할 수밖에 없었고 모든 게 까마득했으므로 피곤해졌던 기억이 있다.

비슷한 생각을 종종 한다. 모든 게 까마득해서 너무 피곤하다는 생각. 그런 기분에 잠길 때는 도무지 한 발짝도 떼기가 힘들다. 사실 어떻게든 시작만 하면 얼렁뚱땅 끝난다는 것을 아는데, 그 시작이라는 것을 하는 것이 아득한걸. 나는 언제나 '시작'과 '직전'이 무서웠다. 롤러코스터가 떨어지기 직전이 가장 아슬아슬한 것처럼. 기계 소리가 가득 나는 치과 의자에서의 기다림이 치과 치료보다 더 끔찍한 것처럼.

그럭저럭 잘할 수 있다는 걸 안다. 빨간색 하단 바가 어디까지 갔는지 같은 것에 신경 쓰지 않고, 몸을 굽혔다가 폈다가 늘렸다가를 반복하면 아무리 어려운 요가 영상이라도 어이없이 끝나곤 했다. 그냥 그렇게 눈앞에 놓여 있는 것을 하면 지나갈 텐데. 나는 끊임없이 어디까지 왔는지 아래에 마우스를 갖다 대며 아득해한다. 이런 걸 얼마나 더 해야 하지, 같은 생각을 우물거리며.

그렇지만 나의 매일은 요가 영상처럼 하단 바가 없어서 자꾸만 마우스를 갖다 댈 수가 없고 그래서 나는 아득함과 불안을 없애기 위해서 삶에 할부 개념을 도입한다. 시간을 내가 소화할 수 있을 정도로 쪼개고 또또 쪼개고 또 쪼개는 것이다. 눈앞의 작은 목표를 만들고 한 시간만, 하루만, 저기까지만 해결하다 보면 뭉텅이로는 소화할 수 없는 시간이 흘러갈 거라고 믿는 것이다.

그렇게 얼렁뚱땅 조금씩을 연장했더니, 살아야 하는 이유 같은 걸 찾지 못해도 살 수가 있었다. 심지어 꽤 잘 살아졌다. 사실 나는 항상 그렇게 살아서, 사람들은 내가 아주 열심히 시간을 쪼개어서 이것저것을 한다고 생각한다. 반은 맞고 반은 틀린데. 시간을 쪼개는 건 내가 그러지 않고는 시간을 보낼 수 없기 때문이다. 뭉텅이져서 도무지 목구멍으로 넘어가지 않는 시간들을 채 썰어서 꾸역꾸역 밀어 넣었더니, 옆에서 박수를 치면서 열심히 산다고 해줬다. 그래서 그냥 그런 척했다. (박수를 받는 건 꽤 즐겁다.)

아득함이 머리끝까지 밀려들 때 난도질한 시간들을 꾸역꾸역 밀어 넣으면, 좀더 큰 덩어리도 넘길 수 있게 된다. 하단 바 안 보고도 끝낼 수 있는 요가 영상이 생기는 것처럼.

내가 믿는 것은 그런 것이다. 어쨌든 꾸역꾸역 발을 떼온 나. 발이 꼬이더라도 습관적으로라도 발을 빼서 할부한 거리만큼을 걸어갈 나. 지지부진하지만 나아가는 나. 그런 것.

어젯밤에는 눈앞에 놓인 일주일이 너무 아득해서 눈물이 날 것 같았다. (생각해보니 생리 첫날이었고, 그런 날은 일주일이 아득해서보다 더 어이없는 이유로도 울곤 하니까, 지극히 정상이다.) 삼다수를 좋아한다는 네 글을 보고 삼다수만 빼면 모든 물이 그럭저럭 괜찮은 내가 너랑 얼만큼이 더 다를까 생각하다 아득해서 또 눈물이 날 것 같았다.

집에 있는 모든 물건을 사실 버리고 싶은 나와, 필요한 것들을 차곡차곡 쟁여두는 네가 얼마나 많은 것들을 갖다 버리고 다시 갖다 둘까. 아주 사소하고 무수한 다른 것들을 얼마나 더 조율해야 할까를 생각하니 막막했다. 분명히 잘할 수 있을 텐데, 아마도 생각보다 더 좋을 텐데. 사실 너나 나나 그런 건 별로 신경도 안 쓰고 지낼 텐데도 한 발짝도 못 떼겠다고 생각하다가.

그냥 꾸역꾸역 앉아서 시간을 난도질하고, 요가 매트 위에 앉아서 분주하게 몸을 움직이고, 정신 없이 설거지를 하고, 정신없이 청소기를 돌리고, 정신없이 책을 필사하고, 정신없이 오늘의 감사한 점을 찾고, 언젠가 네가 써준 편지를 읽었고 가만가만 써진 글자들을 꼭꼭 씹어서 마음에 눌러 앉혔다. 그랬더니 자야 할 시간이 되었다. 또 무사히 하루를 넘긴 것이다.

아마도 또 아득해질 어느 날이 있을 테고, 옴짝달싹 못 할 것 같은 시간이 있을 테지만. 시간을 난도질해서라도 그냥 주저앉아 있지 않을 나와, 그리고 그 모든 순간에서 가만가만 써진 글자만큼 따뜻하게 나를 바라봐줄 너와. 이렇게 엉망진창인 나에게 언제나 자기 이야기를 나누어주는 많은 이들과, 까끌까끌한 혀로 나를 핥아줄 호두와, 손을 반쯤 덮는 하늘색 니트와 냉동실에 쟁여져 있는 쿠키 같은 것을 생각했다.

이를테면 할부의 방식으로 어쨌든 흘러갈 일상과 그 일상을 단단히 지탱해주는 많은 것들을 믿고 싶었다.

서 있는 것도 틀려보니 알겠다

3주에 한 번씩 요가 선생님이 몸을 꼼꼼히 살피고 개인적으로 연습할 동작들을 알려주신다. 주로 몸의 틀어진 부분들을 짚어주시고 도움이 될 수 있는 동작을 처방해주시는 식이다. 점검의 시간은 늘 두근거리는데 3주간 어떻게 지냈는지가 적나라하게 드러나기 때문이다. 그래도 어제는 좀 자신만만했다. 지난번 개인 처방에서 알려주신 동작들을 매일 빼먹지 않고 했으며 아침저녁으로 요가를 했으므로. 뭔가 좀 나아진 게 있지 않을까. 개인 처방 덕분인지는 모르겠지만 배에는 복근 비슷한 것이 자리를 잡고 있었으며 내가 생각해도 확실히 몸이 단단하고 곧아진 느낌이 들었다. 스스로가 좀 멋

있어 보였다.

칭찬을 받으면 머쓱해하지만 그래도 요가 선생님의 칭찬
은 늘 기다려졌다. 그는 좀처럼 칭찬을 하는 이가 아니므로.
남발하지 않는 담백한 칭찬은 영혼에 직격으로 꽂히는 느낌
이라 남은 3주를 그 칭찬을 뜯어 먹으며 버틸 수도 있을 것
같았다. 아무튼 오늘은 그 귀한 칭찬을 받을 수 있을 것 같아
서 기대하는 마음으로 선생님 앞에 섰다. 요가는 누군가에게
인정받거나 누군가를 이기기 위해 하는 것이 아니라는데, 나
아졌다는 말에 너무 신나는 나는 아직 깨달음이 한참 부족
한가 보다. 3주간 어떤 점이 좋아진 것 같은지 어려운 것은
없었는지 선생님과 이야기를 나누고 지시하시는 몇 가지 동
작들을 해 보였다. 다음 3주간은 뭘 연습하게 될까 괜히 두
근거렸다.

그리고 내가 들은 말은 뜻밖에도

"회원님은 서 있는 걸 다시 연습하셔야겠어요."였다.

"네?"

"서 있는 거요. 서 있을 때 엄지발가락에 힘이 하나도 안
들어가요. 그래서 걸을 때에도 발을 툭툭 던지거나 끌면서

걷게 돼요. 서 있을 때도 엄지발가락에 힘을 주고 앞꿈치 뒤 꿈치를 붙이시고요, 걸어 다니실 때에도 이렇게 바닥을 미셔 야 해요."

어깨가 약간 비대칭이고, 허벅지 뒤쪽 근육이 짧고 어쩌 구 하는 보편적인 모자란 점은 이미 알고 있어서 별 타격이 없었다. 근데 서 있는 것부터 틀렸을 줄은 몰랐다. 선생님의 지도하에 한참을 걸어 다니는 연습을 했다. 요가 매트와 요 가 매트 사이를 빙빙 돌면서. 바닥에 놓여 있는 요가 매트가 무슨 관짝처럼 보였다. 관짝 사이를 맴도는 유령이 된 기분. 유령은 발을 질질 끌어도 괜찮으니까 지금의 나보다는 빨리 걸을 것 같았다. 선생님이 알려주신 걷기와 서기가 바른 자 세인 것은 확실했다. 왜냐면 몹시 힘들었기 때문이다. 좀 편 안하다 싶으면 어딘지 잘못된 자세라는 것은 경험적으로 알 고 있었다. "선생님, 다른 사람들은 다 이렇게, 매일 이렇게 걷는다는 거죠?" 도무지 믿을 수 없었다. 걸어 다니는 모든 사람에게 존경심이 들었다. 발가락이 저리다 못해 아치 쪽이 욱신거렸다.

서고 걷는 것을 한참 연습하고 있을 무렵 요가 선생님은 "회원님, 누워 있을 때에도 신경을 쓰셔야 해요."라 말씀하셨다. 7번 경추가 튀어나와 있다던가, 목의 커브를 만들려면 방석을 받쳐야 하고 거저 누워 있으면 안 된다는 것이었다. 서 있는 것과 걸어 다니는 것에 이어 눕는 것도 연습해야 한다니. 쭈글쭈글해지는 기분이었다. '매일 아침 빈야사로 견고하고 단단하게!'를 외치던 내 자신감은 어디로 갔는가. 이젠 어디 가서 요가 한다고 말도 못 하겠네 싶었다. 퍼뜩 나를 질투한다고 얘기했던 친구 얼굴이 떠올랐다. 동갑인데 나는 너무 나아가고 너는 멈춰 있는 것 같다고 했던가. 흠, 친구야. 어쩌면 네가 더 빠를지도 몰라. 난 걷는 것부터 새로 배우고 있는걸. 역시 질투란 너무 멀찍이서 쳐다보고 있기에 할 수 있는 거라는 생각이 들었다. 이렇게 걸어 다니기 연습을 하는 나를 본다면, 이판사판인 내 몸을 본다면 너도 나를 못 견디게 사랑하게 될걸.

그래도 스물여섯에 걷는 일을 새로 배울 수 있어서 좋았다. 사실 너무 좋아서 눈물이 날 것 같았다. 당연히 할 줄 알아야 하는 걸 다시 배워도 괜찮다는 게 퍽 다정하게 느껴졌다. 생각해보면 나는 단 한 번도 스스로에게 다시 해도 괜찮아, 같은 말을 해준 일이 없었다. 틀리고 싶지 않았고, 틀렸어도 틀렸다는 것을 알고 싶지 않았다. 내가 틀리지 않았음을 증명해야 할 것 같아서 나를 몰아댔다. 내 답이 정답이 아닐까 봐 아무것도 하지 못하는 날도 있었다. 그런 날들은 목에 턱 걸린 것처럼 좀처럼 넘어가지 않았다. 왜 그렇게 틀리지 않고 싶어 했을까. 틀리면 그냥 다시 하면 되는데. 사실 내가 듣고 싶었던 것은 다시 해도 괜찮다는 그 말 한마디였다는 것을 발가락이 욱신거리도록 다시 걸은 뒤에야 알았다.

스스로에게 다시 할 수 있다고 말해주는 사람이 되고 싶다. 뭐든지 다시 해도 괜찮다고 생각할 수 있으면 좋겠다. 내가 26년 동안 걸어와서 잘 아는데, 이렇게 걸었어도 별문제 없었거든요? 같은 말을 하는 날은 오지 않으면 좋겠다. 늘 해왔던 일이 사실은 틀렸다는 것을 알게 되어도 깔깔깔 웃으면서 자세를 고쳐 잡을 수 있으면 좋겠다. 잘할 법한 일들을 하는 것에서 그치지 말고 더 많이 틀리고 더 많이 고쳐보면 좋겠다. 아예 틀릴 수밖에 없는 것들에 덤벼보고 싶다. 걷는 것도, 눕는 것도, 서 있는 것도 틀려보니 이제야 더 틀려도 괜찮다는 걸 알겠다.

　매트 위에서 겸손을 배운다. 매일 조금씩 마음을 고쳐먹는다. 언제나 조금은 떨리고 조금은 기다려진다. 칭찬을 받고 싶은 듯이 굴지만 사실 그런 건 별 상관이 없다. 이것저것이 틀렸다고 해서 내가 글렀다고 생각하지는 않으려고 한다. 새로 배우면 되는 것이다. 조금 모자라기에 날로 새롭고 또 새로워질 수 있다. 그렇게 생각하면 조금 모자란 것이, 틀릴 수 있는 것이 특권처럼 느껴진다. 오늘도 조금 더 새로워질 나를 생각하며 발바닥 앞꿈치와 뒤꿈치를 붙여 나란히 놓는다. 다시 새로운 하루가 내 앞에 놓인다.

생각을 멈추지 못해 송장이 되지 못한

요가가 끝나면 사바아사나를 한다. 사바아사나는 송장 자세다. 처음에는 '성장 자세'나 '선장 자세' 같은 걸 내가 잘못 들은 줄 알았다. 요가가 끝났으니 너는 좀 자란다! 의 성장이거나 그도 아니면 택배에 붙이는 송장처럼 매트 위에 붙어 있어라 정도의 뜻이 아닐까 싶었는데 결국 이도 저도 아니었다. 죽은 사람의 몸뚱이를 말하는 그 송장이 맞다고 한다. 성장과 선장과 택배 송장까지 요가랑 연결지어 이해해보려고 했는데. 상상력의 빈곤함이 창의성을 낳는 아이러니였다. 아무튼 선생님은 몸에 힘을 빼고 생각을 모두 멈춘 뒤 온전한 고요 속에 머무르라고 하셨다. 요가는 결국 이 송장 자세에 이르는 여정이며 송장 자세가 모든 아사나 중에서 가장 중요한 것이라던가.

좀 마음에 들지 않았다. 몸을 이리저리 늘리고 잡아당기고 비틀거리면서 균형을 잡고 버티고 호흡을 조절하면서 만들어낸 그 모든 자세보다 더 중요한 게 가만히 누워 있는 것이라니. 정강이와 이마가 만나게 하려고 애를 쓴 게 억울했다. 게다가 자세 이름부터가 으스스해서 좀 별로다. 아등바등거리고 뭔갈 해봐도 결국 다 죽는단다, 같은 얘기를 하는 것 같아 반발심이 들었다. 게다가 나는 '가만히 누워 있는 것'에는 정말로 재능이 없어서 송장 자세와는 더 친해질 수가 없었다. 생각을 모두 멈추어야 한다니 그게 가능하기는 한지, 생각을 하지 말아야지 하는 생각을 시작으로 꼬리에 꼬리를 문 생각들이 머리를 와다다다 돌아다니고 몸은 가만히 있어도 정신은 두둥실 떠다니는데 모르긴 몰라도 이건 온전한 고요와는 거리가 좀 있어 보였다.

〈생각을 멈추는 것에 대해 생각함, 생각을 멈추는 것에 대한 생각도 생각이라는 생각이 들게 됨, 그래서 다시 생각을 멈추어야 한다고 생각함, 생각을 멈추는 방법이 무엇인지 생각함. 결국 생각하고 있는 나 자신을 발견하고 어쩌면 좋을지 생각함. 생각함을 생각함을 생각함. 반복……〉 알고리즘이 엉켰다. 생각이 엎치고 덮쳤다. 좀 질려서 수족관(내 친구이다)에게 내가 생각을 잘 멈추지 못하는 것 같다는 얘기를 했다. 개는 나에게 진지하게 성인 ADHD 검사를 권했다. 나는 내 멈추지 않는 생각의 원인이 사실은 어떤 질병이 아닐까 하는 의심의 끈을 부여잡고 검사를 해보았으나 검사 결과는 '위험성 없음'이었다. 결국 생각을 멈추지 못하는 이유에 대해서도 알지 못한다는 생각만 하나 더 얻게 되었다.

아무튼 생각을 가득 안고 매트에 누워서 죽음이란 것은 생각이 없어지는 것인지, 온전한 고요와 같은 것인지를 고민했다. 죽음이 송장 자세 같은 거라면 좀 재미가 없을 것이다. 눈도 깜짝이면 안 되고, 팔도 다리도 움직이지 못한다니. 사실 송장 자세의 가장 재미없는 부분은 다른 사람들이 진짜 생각을 안 하고 고요 속에 있는지 궁금해서 곁눈질을 해보거나, 감은 눈앞에서 손을 흔들어보고 싶어도 참아야 하는 것에 있다. 죽음도 그런 거라면 죽음의 순간을 더 미루어보아야겠다고 생각한다. 아마 지루해서 죽은 뒤에도 고쳐 죽을 것이다. 죽으면 꼬마 유령 캐스퍼처럼 둥둥 떠다니면서 사람들을 구경할 수 있을 줄 알았는데. 잘 안 들키고 자기 쪼대로 행동할 수 있다는 귀신의 강점을 전략적으로 활용해서 하고 싶었던 일들이 많았기에 슬퍼진다.

사실 죽음은 정말 시시한 것이라 시시함에 익숙해지기 위해 송장 자세를 연습하는 것은 아닌가 생각한다. 그 가설도 꽤 괜찮아 보인다. 게다가 나는 매번의 요가마다 예행연습을 해보고 있으니 잘 버틸 것이다. 내가 기대하던 죽음(캐스퍼나, 〈해리포터〉 시리즈의 목이 달랑달랑한 닉, 모우닝 머틀 류의 죽음 : 뽈뽈거리면서 돌아다니고 자기 쪼대로 행동하며 목으로 저글링을 한다든가, 살아 있는 사람들 귀에 소리를 지르고, 그들의 행동을 엿봄) 등이 영화적 상상이라는 것을 다 죽은 뒤에야 깨달으면 너무 억울할지도 모른다. 차라리 죽음은 아주아주 지루하며 생각을 멈추어야 한다는 것을 알고 간다면 기대 없이 임할 수 있을 것이다. 최악의 상상 뒤 차악의 결과는 행운 같을 테니까.

아무튼 택배 송장에서 목이 달랑달랑한 닉까지 생각했을 때 요가 선생님의 목소리가 들렸다. 손가락 발가락을 꼼지락, 꼼지락거리고 주먹을 쥐었다 폈다, 하세요. 깍지를 껴서 팔다리를 쭉 펴고 발목을 밀었다 당겼다 합니다. 몸을 오른쪽으로 돌려 일어납니다.

오늘의 시체 연습이 끝났다. 아직은 살아 있으니 완연한 고요 속으로 사라지기 전에 더 와구와구 많이 생각하고 더 뿔뿔거려야지.

도망가는 감

자주 도망가는 감이 있다. 자신감, 성취감, 행복감 같은 것. 그 감은 도망감의 감이다. 가득 차 있는 것 같다가도 눈을 깜짝하면 어딜 갔는지 없어져 있다. 같은 감이라도 불안감과 자괴감 같은 것은 쉬이 떨어지지 않는 감이다. 그런 것들은 애써 떼어내려 할수록 더 찰거머리처럼 붙어 있다. 한때는 그게 좀 못마땅했다. 왜 좋아 보이는 것들은 빨리 없어지는지. 힘든 것들은 오래오래 가는지, 왜 잊히지가 않는지. 그래서 나는 자주 도망가는 감들은 꼭꼭 붙들어 매고 떨어지지 않으려는 감들은 죄다 없애버리려고 했다. 그럼 내 삶이 좀 덜 도망가고 싶은 것이 될 줄 알았다. 그땐 많은 것들로부터,

특히 나로부터 도망가고 싶었다.

지금은 조금 더 담담하게 지낸다. 자주 도망가는 감들을 스스로 채워내는 방법을 알게 되었다. 떨어지지 않는 감들은 떼어낼 수 없다는 것을 받아들이게 된 것도 같다. 자주 도망가는 감들을 계속 채워내며, 떨어지지 않는 감들을 살살 달래가며 그렇게 함께 가는 법을 알게 되었다. 물론 말처럼 쉽지는 않다. 가끔은 잊고 있던 기억들에 발이 걸려 아무것도 할 수 없는 날들도 있으니까. 그래도 괜찮다. 나는 나를 괜찮게 하는 방법들을 점점 더 많이 찾아가고 있으니까. 꼭 해야만 하는 일보다 하고 싶은 일들을 더 많이 한다. 더 많이 웃는다. 아마도 대체로 괜찮은 날들이 점점 더 많아질 것이다.

슬픔과 아픔의 쓸모를 찾아내고 싶지는 않다. 그렇다고 그걸 없던 척하고 싶지는 않다. 없던 척을 한다고 없던 일인양 지낼 수도 없겠지만. 힘들고 슬프고 아팠던 시간들이 밀려오고 다시 쓸려나간 뒤 오도카니 남겨진 나를 이제는 모른 척하고 싶지 않다. 잔뜩 약해진 것처럼 보이더라도, 패인 부분이 생겼거나 요상한 흉터가 생겼더라도, 다시는 할 수 없게 된 일들이 생겼더라도 괜찮아. 괜찮아. 그걸 감추고 싶지는 않다. 그것도 내가 도닥거리면서 함께 가야 하는 감 같은 거라 생각하게 되었다.

이런 글을 쓰려던 건 아니었다. 도망가는 감 중에 가장 도망력이 뛰어난 놈은 글감이라서 어느 날 퍼뜩 생각이 났다가도 사라져버린다는 말을 쓰려고 했다. 한참을 생각해도 기억이 나지 않아서 빈 화면에 커서만 껌벅껌벅. 나는 눈만 끔쩍이다가, 기억이 나지 않으니 어쩐지 더 좋은 글감이었을 것 같고 분해진다는 내용을 쓰려고 했다. 내가 잃어버린 글감들이 어디를 돌아다니고 있을지 궁금하고 어딘가 좋은 곳에 있으면 좋겠다는 생각을 했는데 이상하지. 정말로 글감이 도망가버려서 나는 전혀 판소리를 하고 있다.

감에 대해 생각하면 어쩐지 조금 슬퍼진다. 나를 떠나려고 하는 감과 떼어낼 수 없는 많은 감. 그래도 함께 감. 이미 잃어버린 많은 감, 잃어버린 줄도 모르고 잃어버렸을 감. 아직 내가 모르는 감. 비겁한 안도감. 묵직한 단절감. 떠나감. 감. 감.

도망가는 감들 속에서 정말로 중요한 걸 잃어버리지 않게 해주세요. 감당할 수 없는 감들이 찾아왔을 때 씩씩할 수 있게 해주세요. 그 모든 순간들에 나를 너무 미워하지 않을 수 있도록 도와주세요. 어딘지도 모를 곳을 향해 간절하게 기도했다.

복싱을 좋아했던 사람의 투서

오늘의 나는 별로 안 괜찮아서 택시에서 꿍쳐져서 교육청에서 학생을 기다리며 서서 미친 듯이 글을 쓰고 있다. 하고 싶은 말이 많아지면 일기는 오늘이 아니라 내일을, 내일이 아니라 모레의 날짜를 달릴지도 모른다. 일기가 나를 앞지르는 거다. 그럼 나는 일기를 쫓아가며 사는가? 그렇지만 일기는 내 일이므로 일기를 미리 쓰면 나는 표면적으로라도 나에게 있을 일을 알 수 있다. 기왕이면 좀 좋은 일을 예언하고 싶은데 쉽지 않다. 요즘 일기적 자아와 좀 동화되고 있어서 글을 써야지, 마음먹고 퇴고란 걸 할 때도 있었는데 배가 불렀었다. 막상 안 괜찮은 상황에 처하니 아차차! 글은 사실 견디지 못해서 터져 나오는 거였었지 싶다. 그걸 어떻게 깜박할 수가 있을까. 그래봤자 이 글 속의 나도 결국 일기 속의 나이므로 일기적 자아에 발이 묶여 있다. 여기에서의 오늘은 실제로 언제인지 알 수 없으며 나는 별로 괜찮지 않은 것도 다소 명랑하게 얘기할 수 있다는 것이다.

아무튼 나(여기서의 나는 일기적 자아일까 현실을 사는 나일까, 그런데 현실을 사는 나라는 것은 무엇이지?)는 얼마 전까지 남자 지도자에게 복싱을 배웠다. 그리고 남자에게 운동을 배우는 것은 매우 귀찮고 느끼한 일이다. 그는 내가 교사라는 것을 알게 되자마자 예전에 우리 학교에서 근무했다던 모 교장을 자기도 안다며 떠들어댔다. 그는 모든 사람을 알거나 모든 일에 경험이 있는 듯 보였는데 자신이 방과 후 교사, 학교 복싱부 전담 코치를 했던 경험부터 줄줄 지도자 경력을 읊더니 여기를 거쳐 간 모든 교사들의 이름을 열거했다가 여기를 다니는 우리 학교 학생들과 그 보호자에 대해서 떠들었다.

내 직업이 일방적으로 떠드는 것인지라 좀 틈이 생길 때는 입을 닫고 싶다. 그래서 나는 많이 떠드는 이들이 편했다. 나에게 말을 시키지 않는다면 그냥 천장 무늬나 소파의 모양 같은 것들을 보면서 입을 닫고 있어도 괜찮기 때문이다. 그래서 그때도 괜찮았다. 뭐라고 하는지 잘 듣지도 않았다. 그렇지만 그는 도무지 지치지 않고 말을 하는 사람처럼 보였고 나는 복싱이 입을 단련하는 스포츠인가 좀 의구심이 들었다. 나는 그를 '수컷 공작새적 인간'으로 분류했는데 꽁지깃에 아는 이들의 이름과 자신의 무용담 같은 것들을 써놓고 좌악 펼쳐서 살랑살랑 흔드는 놈처럼 보였기 때문이다. 뒤뚱거리며 꼬리를 흔드는 모습이 21세기판 구애의 춤 같아서 좀 애잔하기도 했다.

수컷 공작새는 취향이 아니었지만 나는 복싱을 배우고 싶었고 별 선택지가 없었다. 여기는 시에서 운영하는 시설이라 강습료가 저렴했으며 내가 걸어서 갈 수 있는 거의 유일한 복싱장이었다. 내 좋은 비위를 믿으며 등록했다. 내가 그를 좀더 싫어했거나 복싱을 좀 덜 좋아했으면 좋았을 뻔했다. 처음 접한 격투의 세계는 나를 매료시키기에 충분했고 나는 요상하게 긍정적이어서 그의 수컷 공작새적 모먼트를 대충 흐린 눈으로 외면해가며 복싱을 연마했다. 한편으로 내가 훅이든 잽이든 열심히 연마해서 그에게 한 방을 먹여야겠다 생각하니 실력이 쑥쑥 느는 것도 같았다. 나는 이때 예수를 이해하게 되었는데 '네 원수를 사랑하라' 같은 말이 와닿았기 때문이다. 원수도 어디 쓸모가 있다 같은 맥락으로. 물론 관장은 내 원수가 되기엔 영 부족했지만 그래도 그는 내 투지를 불태우게 했다는 점에서 쓸모가 있는 것 같았다.

그런데 원수를 사랑하는 예수의 마음이나, 미래의 훅을 적립해두는 것 정도로 넘기기엔 좀 심각한 문제가 있었는데 수컷 공작새와 달리 그는 카카오톡이라는 것을 할 수 있다는 것이었다.

나는 하루에 스무 개가 넘는 카톡을 그에게 받았는데 주로 시답잖은 것이었다. 이모티콘과 많은 여백, 색이 요란한 그림들이 섞여 있었다. 웃으면 복이 와요, 사랑의 시, 하루를 행복하게 하는 열두 가지 방법 같은 내용이었다. 사랑도 행복도 내 전문 분야는 아니었지만 굴림체와 궁서체, 옥색과 시뻘건 색이 어지럽게 얽힌 것이 행복과 사랑이라면 난 좀 불행하고 외로워져도 좋을 것 같았다. 심지어 그 그림들은 누르면 눈 아프게 번쩍거리거나 빙빙 돌아갔기 때문에 실수로라도 클릭해서는 안 되었다. 그렇게 무시하는 법을 익혔다. 우리의 카톡 대화방은 그의 독백방이었고 나는 무시에 능한 관객이었으니 여기까지도 뭐 괜찮았나?

좀 과할 때가 있었다. 그가 "뭐해용" 같은 혀 어퍼컷 맞은 카톡을 보냈을 때에는 "미친" 하는 말이 절로 나왔다. 흑백으로 된 자신의 옛날 사진을 보낸 걸 보고는 그 뻔뻔함에 감탄했다. 궁금하지 않은 정보 제공하기 대회가 있다면 그가 챔피언이 될 수 있을 것 같았다. 하지만 요상한 쪽으로 긍정적인 나는 이미 그를 수컷 공작새(조류)로 분류한 뒤였고 보통 동물의 행태를 보며 분개하지는 않잖아요? 그래서 그의 의도를 곱씹거나 분노하지는 않았다. 조류의 뇌 구조야 동물학자도 아닌 내가 이해할 수 없는 것이 당연하고 조류적 인간을 몇몇 대면한 뒤로 조류의 행동에 대해 "왜 저러지", "저 자의 의도가 무엇이지" 같은 것을 고민하면 미쳐버린다는 것을 깨쳤기 때문이다. 사실 그것은 내가 사회생활에서 습득한 거의 유일한 것이었다.

복기하자면 우리의 대화는 이런 식이었다.

관장: 오늘 왜 아줌마 같은 옷을 입었어?

나 : 미트 대주세요. 저 오늘 빨리 가야 해요.

관장 : 그거 맨 시장 아줌마들이 입는 옷인데.

나 : 저기 있는 커피 마실게요.

관장 : 오늘 몇 시에 가?

나 : 관장님, 이 줄넘기 줄 끊어졌어요. 저 화장실 다녀올게요.

사실 이게 대화가 맞는지도 모르겠다. 아무튼 그를 조류로 분류하였기에 나는 미치지 않을 수 있었지만 그래서 그의 행동을 꼼꼼히 살피지는 못했다. 이게 패착이었다. 내가 무시했던, 그가 보내준 수많은 이미지와 영상들 속에는 다른 회원들의 스파링 영상이나 미트 치기 영상들이 섞여 있었기 때문이다. 어느 날 익숙한 실루엣이 뜨는 게 좀 이상해서 눌러보고는 당황했다. 설마 이분들이 내 카톡창(정확히는 관장의 독백창)에 화려하게 데뷔하고 싶다고 부탁했나. 그건 아닐 것 같았다. 그럼 동의 없이 보내는 건가. 설마 내 영상도 이렇게 누군가의 카톡창에 중계되고 있는 걸까? 소름이 돋았다. 입술을 잘근잘근 물어뜯었다.

증거 같은 게 필요했다. 그래서 거길 다니던 회원에게 물어봤다. 혹시 제 복싱 영상 카톡으로 전송받으신 적이 있냐고. 묻는 목소리가 약간 떨리는 것 같아서 짐짓 유쾌한 척을 했다. 받은 적이 있다며 카페에서도 볼 수 있잖아, 했다. 예? 카페요? 알고 보니 우리 복싱장은 카페까지 개설된 온오프라인 블렌디드 복싱센터였고(코로나 시대를 미리 예언한 걸까?) 내 매일의 복싱 영상은 착실하게 그 카페에 업로드되고 있었다. 나는 전혀 몰랐다. 몰랐으므로 당연히 동의한 적이 없었다. 내 영상들이 그 카페의 인기 글이 되고 디지털 세계로 뻗어나가고 있었는데도 나는 전혀 몰랐다. 하마터면 계속 모를 뻔했다.

그의 수컷 공작새적 면모야 대충 넘어갈 수 있었다. 그런데 동의 없이 영상을 여기저기에 보내고 업로드하는 건 으쓱대는 조류의 행태 정도로 보고 넘기기엔 어려웠다. 아니 그건 실제적인 위협이었다. 더 이상 복싱에 대한 좋음으로 무마할 수 없었다. 이상하다고 생각했다. 이상하다는 생각을 하니 그동안 이상해도 애써 넘어가려 했던 것들이 다 이상하게 여겨졌다. 은근슬쩍 어느 순간부터 시작된 반말이라든가 시도 때도 없는 개인적인 카톡들. 잡아준답시고 갑자기

몸을 때리는 것. 다른 회원들에게 내 직장과 직업에 대해서 떠벌리는 것. 옷차림과 몸에 대한 지적. 사실 그의 퇴근시간은 제멋대로여서 나는 강습반을 신청하고도 강습을 받지 못하는 날이 더 많았다. 분명히 이상했다.

코로나로 시에서 운영하는 모든 시설이 문을 닫으며 나는 자연스럽게 복싱을 그만두었다. 센터가 다시 열었어도 복싱을 하고 싶었던 마음은 들지 않았다. 그렇게 나와 복싱의 인연은 끝났다. 복싱에 대한 넘쳤던 애정이 허무하게 끝난 게 억울하다. 투서를 쓴다면, 정말로 쓸 수 있다면 내가 복싱을 얼마나 좋아했는지, 그렇지만 왜 좋아하지 않게 되어버렸는지 구구절절 쓸 것이다. 바로 이렇게.

뱁새가 황새 따라가려다 뱅쇼 됨

반존대(내 친구이다)와 조약돌(반존대의 애인이다)은 요즘 한창 헬스를 하는 중이라고 했다. 더 이상 못 하겠다 싶을 때, "두 개 더!"를 외치면서 서로를 독려한다나. 그 말에 좀 자극을 받았다. 나는 한 번이라도 헬스에 뜨거운 사람이었는가? 꾸준히는 하고 있었지만 그럭저럭 할 수 있는 만큼만 했다. 때 되면 세금 납부하듯 미적지근한 운동량을 정해진 시간 동안 대충 쳐내는 식이었다. 슬슬 헬스와의 권태기가 오고 있었다.

애인과 함께하니까 서로 열심히 하도록 북돋을 수 있다니. 좀 딴 세상 얘기 같았다. 나랑 애인은 서로의 휴식을 북

돈웠기 때문이다. 걔 눈에는 내가, 내 눈에는 걔가 과하게 열심히 운동하는 것처럼 보였다. 그러니 좀 쉬어도 괜찮지 않을까? 우리는 서로에게 늘 관대했다. 둘 다 운동을 거르면 찜찜한 마음이 되는 걸 잘 알아서 상대의 마음을 가볍게 할 위로를 건넸다. 아프면 쉬어야지, 맞아. 오늘 쉬면 내일은 운동이 잘될 거야, 하는 식으로.

그래서 나는 운동을 하기 싫을 때면 애인에게 굳이 전화를 걸었고. 운동 갈지 말지 고민이라는 (가지 말라고 해줘) 같은 뻔한 레퍼토리를 읊었고. 애인은 그걸 잘 알았고. 네가 이런 걸 물어보는 걸 보면 안 가는 게 맞는 거라고 우겨주었고. 그럼 나는 좀 가벼워진 마음으로 운동을 쉬었다. 위로의 상부상조 시스템은 잘 돌아가서 애인이 오늘 늦잠 자서 운동 못 했다는 말을 하면 나는 "그래, 몸이 휴식이 필요했을 거야. 잘했어!" 말해주었던 것이다.

그래서 반존대와 조약돌의 얘기가 더 신기했는지도 모르겠다. 같이 헬스를 안 해봤지만 아마도 내 애인은 내가 힘들다고 하기 전부터 뜨악한 표정으로 "너무 무리하는 것 같다"고 말려줄 것 같아서. 아마 나도 비슷할 테고, 우리는 서로의 무리를 막았다는 뿌듯한 마음으로 쿠키나 냠냠 먹겠지. 안 될 거야, 아마. 그런 생각들을 하면서 들었던 그들의 얘기가 문득, 헬스장 가는 길에 생각이 났다. 오늘은 세금 납부 말고 좀더 강렬한 운동을 해볼까? 뜬금없는 의욕이 생겼다.

좋아, 두 개 더. 처음에는 순조로웠다. 원체 무리가 되지 않는 운동량이어서 두 개쯤 더 하는 건 괜찮았다. 아, 이 정도로는 더 못 하겠다 생각이 들진 않는데. 여유 만만했다. 아예 중량을 조금 더 올려볼까. 그렇게 다음 세트… 약간 숨이 차는 것 같았다. 이제 좀 운동을 하는 것 같은데? 이유 없는 뿌듯함이 밀려왔다. 맞아, 이 느낌이지. 더 힘차게 다리를 당겼다. 그리고 다음 세트… 숨이 거칠어졌다. 반바지로 갈아입어야겠다는 생각을 했던가. 그리고 마지막 세트. 아니 두 개씩만 더 했는데 이렇다고? 후들거리면서 기구에서 내려왔다. 방금 뭐가 지나간 거지.

'두 개 더'의 위력은 대단했다. 딱 두 개씩 더, 그리고 신나서 올린 중량으로 다리가, 어깨가 터질 것 같았다. 얼굴이 뱅쇼 색깔이 되었다. 체육관의 으르신들은 한마디씩 거들었다. 오늘 좀 빡세게 하는데? 이여— 이제 이만큼을 들어? 쓸데없는 관심을 받아서 그만 멈추기도 머쓱했다. 괜히 이어폰을

끼고 헬스장 음악을 검색해서 아무거나 들었다. 시끄럽게 울리는 비트에 정신을 혼미하게 만들면 좀 괜찮지 않을까. 입이 텁텁했다. '뱁새가 황새 따라가려다 다리가 찢어진다' 같은 속담만 떠오르고, 사실 찢어지는 건 정확히 허벅지 근육일 거라는 쓸데없는 생각만 하다가.

하 씨. 애인이 보고 싶었다. 원래 이런 류의 느끼한 생각은 잘 안 하는데, 옆에서 좀 말려줬으면 좋겠다는 생각이 들었다. 세금 납부식 운동도 괜찮지 않았나 생각하다가. 아냐, 내가 이렇게 나약한 사람일 리 없어, 부득부득 끝까지 운동을 했다. 근육은 펌핑이 되다 못해 핏줄이 올라와 있었다. 어이, 형씨. 이제까지 나를 만만하게 봤겠다? 기구들이 빙글빙글 나를 놀리는 것 같았다. 아, 좀 열심히 할걸. 만감이 교차했다.

땀을 뻘뻘 흘리면서 운동을 마치고 나서 주섬주섬 옷을 입었다. 운동이 끝나면 입만 살아서 나불나불거렸는데, 오늘은 머리가 멍해서 아무런 생각이 들지 않았다. 반존대, 조약돌… 당신들 정말 대단해. 두 개만 더 했다면 얼굴이 뱅쇼가 되는 것에서 그치지 않았을 거라는 생각이 들어서 아찔했다. 근데 이상하지. 몸이 요상하게 개운했다. 땀을 흘리고 맞는 겨울바람이 시원했고, 척추 끝에서부터 찌릿찌릿 뭔가 흐르는 기분이 들었다. 세금 납부식 운동에서 느껴본 지 오래된 어떤 종류의 전율이 흘렀다. 젠장. 고통을 즐기는 사람이 된 것 같아서 머쓱 또 머쓱했다.

종종 '두 개 더!'를 외치면서 운동하게 될 것 같은 불길한 예감이 들었다. 그래도 오늘은 아냐. 일단 비명을 지르는 온몸을 다독여야겠다.

잘 모르니까 좋아하지

"비상사태는 왜 너를 좋아할까?" 교회는 뜬금없는 순간에 그 얘길 꺼내곤 했다. 비상사태는 나랑 같이 일을 하던 친구인데, 마찬가지로 같이 일을 하던 교회는 걔를 별로 좋아하지 않았다. 가끔은 "그럼 너는 왜 비상사태를 싫어하는데?"라고 물어봤다. 또 다른 가끔은 "너도 나 좋아하잖아"라고 대꾸했다. 어떤 대답을 하든 교회는 눈썹을 꿈틀거렸는데 내 대답이 만족스럽지 못한 모양이었다. 그 얘긴 꼭 "비상사태는 너를 잘 모르는데"로 끝났다. 교회가 바보 같다고 생각했다. 비상사태가 나를 좋아한다고 생각하지도 않았지만, 좋아한다면 그건 나를 잘 모르기 때문일 터였다. 그리고 나를 잘 알지 못하는 것은 교회나 비상사태나 똑같았다.

비상사태는 그때도 지금도 나를 잘 몰라서 나를 오해하곤 했다. 걔가 하는 오해는 깜짝 놀랄 만큼 당황스러운 데가 있었다. 대체로 이런 식이었다. "언니는 정말 어른이구나." (열한 살 친구들과 투닥거리면서 씨름하는 모습을 보여줘야 하는데.) "언니는 너무 멋지고 따뜻한 사람이야." (내 안의 이판사판을 정말 몰라서 이러겠지.) "나도 언니처럼 될 수 있을까?" (⋯⋯? 이러는 이유가 있을 거 아니에요.) 들을 때마다 당황스러워서 몇 번이고 정정을 시도했지만 별로 먹히지 않았다. 걔는 나를 볼 때 푸디 카메라나 스노우 필터 같은 걸 씌워서 보는 모양이라고 생각했다.

나는 나를 멋있어하는 사람을 제일 느끼하게 여기기 때문에 비상사태에게 안 보이는 곳으로 슬금슬금 숨었다. 그런데 비상사태에게는 비상사태가 너무 많아서, 걔는 오만 곳을 펄쩍거리면서 뛰어다녀야 했다. 그 쿵쿵거림에 내가 숨어 있는 곳까지 흔들거려서, 나는 고개라도 빠끔 내밀고 걔를 쳐다볼 수밖에 없었다. 걔는 나에게 조르르 달려와서 무슨 말들을 쏟아냈고, 그럼 걔가 꼭 우는 것 같아서 나는 또 가만히 들었다. 걔한테 비상사태가 덜 생겼으면 좋겠다는 생각만 하면서 그냥 그랬구나, 그랬구나만 해도 걔는 금세 눈물을 닦아내고는 다시 발을 쿵쿵 구르러 갔다.

걔한테는 내가 〈햇님 달님〉에 나오는 동아줄인 것 같았다. 손에 잘 닿지 않고, 끝이 보이지 않아서 대단한 희망처럼 느껴지는 것. 걔가 힘들 때 나를 흘긋대며 마음을 다잡는 걸 아는데. 내가 그럴 만큼 대단히 잘 살고 있지 않아서 뜨끔뜨끔했다. 네가 열심히 잡으려는 그 동아줄은 진작 썩었다고 말하는 게 더 잔인할 것 같아서, 나는 내 안의 이판사판들을 설명하려다가도 관뒀다. 머리만 빼꼼 내미는 것도 힘들 때가 있었는데 그냥 가만히 있었다. 멋대로 오해하더라도 그냥 내버려두는 것, 울고 싶을 때 찾는다면 그냥 그러려니 하는 것. 그게 내가 걔를 좋아하는 방식이었다. 아마 나도 걔를 잘 몰라서 그냥 멋대로 오해한 것일지도 모르겠지만.

교회는 내가 꼭 메타몽(모습을 계속 바꾸는 포켓몬이다) 같다고 했다. 막 형체를 바꾸는 것 같아서 어떤 사람인지 종잡을 수가 없댔다. 어쩔 때는 간담이 서늘할 정도로 단단한 사람 같다가도 어쩔 때는 내 몸 하나 잘 챙기지도 못할 것 같고. 또 다른 때에는 절대로 굽히지 않는 것처럼 보이다가도 가끔은 너무 많은 것들을 고려해준다고 했다. 나도 자기처럼 비상사태를 싫어할 것 같은데, 또 보면 비상사태를 생각하는 것 같아서 이상하다고 했다. 그러게. 듣고 보니까 그게 다 맞는 말 같다가도 아닌 말 같기도 했다. 나도 나를 모르겠다는 생각이 들어서 아득했다.

　그럼 나도 나를 잘 모르는 거니까, 나를 더 좋아할 수 있을까? 적당히 나를 오해하면 나와 더 친해질 수 있을지도 모르겠다. 그렇지만 나는 가끔 내가 알고 싶은데. 어디서는 누구를 알고 싶어 하는 것이 좋아하는 것이라고 했다. 어렵다, 어려워. 저는 아직도 저를 모르고, 저를 알고 싶은데, 조금은 알기 싫고 잘 모르므로 저를 좋아합니다. 이런 요상한 자기소개를 하는 생각을 했다. 역시 잘 모르겠다.

나는 한때 '헬스크럽'의 아이돌이었다

2008년에서 멈춘 듯한 음악들이 어설픈 디스코 비트로 편곡되어 귀를 때렸다. 샛초록 컬러감의 바닥재와 대비되는 오렌지 빛깔의 수건들이 여기저기 걸려 있고, 나만큼 연식이 되어 보이는 운동기구들이 보였다. 뭐야 이거? 청년층은커녕 장년층을 찾아보기 어려운 인구 구성비. 이름조차 '헬스크럽'인 여기에 등록한 것은 첫째, 코로나로 다니던 시의 시설이 문을 닫았고, 둘째, 쿨하게 달에 4만 원에 해주겠다는 관장님의 말 때문이었다.

4만 원? 그럼 3개월을 꼬박 채워 다녀도 옆의 괜찮은 헬스장의 한 달 비용과 비슷했다. 박봉인 내가 거절하기엔 너무 솔깃한 제안이었다. 관장님의 마음이 바뀌기 전에 3개월 치를 계좌 이체했다. 쿨거래가 끝난 뒤 관장님은 함박웃음을 지으며, 사용하고 싶은 기구는 다 사용해도 된다고 하셨다. 네, 뭐 그러죠. 했지만 근력운동이라곤 해본 적이 없는 내가 사용하고 싶은 기구 같은 게 있을 리가 없잖아. 나의 좌충우돌 크럽 생활은 그렇게 시작되었다.

그런데 이 크럽, 좀 이상했다. 정말로 종합 문화 예술 공간 같은 느낌. 쓰레빠를 신고 사이클을 타는 할아버지는 신문을 읽고 있었고, 포미닛의 노래가 귀를 때리는 공간에서 유유자적 〈고향의 봄〉을 틀어둔 뒤 몸을 흔들어대는 할아버지는 고향, 혹은 봄, 아니면 둘 다에 심취해 있었다. 백발을 한 갈래로 묶은 멋쟁이 할아버지의 현란한 나시(나시만큼이나 현란한 몸짓이었다)와 눈이 마주쳐 화들짝 놀라 뒤를 돌아보면, 운동기구에 등을 부딪치며 박수를 짝짝 치고 있는 할머니와 눈이 마주치는 식이었다. 압도적인 크럽의 문화에 주눅 들어서 정말로 쭈글쭈글해졌다.

탈의실도 어색하긴 마찬가지였다. 가방만 슬쩍 내려두러

간 곳에서는 "아이고! 오늘 등록했써?" 하는 할머니들의 우렁찬 환대를 받았고, 아니, 그런 건 좀 부담스럽잖아요? 어색한 미소를 지으면서 고개를 꾸벅 숙이고 도망치듯 나왔다. 대충 눈치로 작동법을 익힌 아무 기구에 올라가서는 숨을 들이쉬고, 내쉬고, 호흡 하나하나에 아무도, 날, 쳐다보지, 마세요, 제발, 하면서 몸을 깔짝거렸다. 그렇지만 어림도 없지. "학생! 그렇게 하면 다쳐." 하면서 재야의 고수처럼 보이는 할아버지, 할머니 들이 슬쩍 다가온다.

재빠르게 고민했다. 알아서 하겠다고 확 끊어버려? 그렇지만 알아서 하기엔 정말로 작동법을 모르는 기구들이 많은걸. 일단은 끄덕였다. 크럽의 도사들은 재야의 고수처럼 열정적으로 설명에 열을 올리면서 기구의 사용법을 알려주었다. 지치지 않는 열정, 눈높이에 맞추려고 애쓰는 설명을 들으며 나는 이들이야말로 정말로 선생님을 했어야 하는 게 아닌가, 그런 생각들을 했다. 설명이 끝나고 감사해요 하하, 를 외치면서 입꼬리가 아플 만큼 웃었는데, 그런데 왜 안 가시는 거지. 크럽의 도사들은 내가 한 번 해보는 것까지 끝끝내 확인하고는 가셨다.

그건 뭐랄까. 끈질긴 다정함이었다. 아이돌 연습생 간접 체험. 밀착 트레이닝, 칭찬과 훈수를 곁들인. 주춤거리고 있거나 자세가 요상해진다 싶으면 어김없이 누가 내 쪽으로 슬금슬금 다가왔다. 시범에 자세 교정까지 나보다 두어 배는 열성적인 그들 덕에 조금은 정확해진 자세로 운동을 할 수 있게 되었다. 사실 가끔은 너무 피곤해서 설명을 대애충 들으며 고개만 끄덕거렸지만, 뭐 어쨌거나 뭘 어떻게 해야 할지는 감을 잡게 되었다.

한눈팔 새 없이 밀착 케어를 받은 덕분일까. 크럽에 적응해갈 무렵에는 제법 근육이 붙었다. 무게를 조금 더 올려도 거뜬해지는 기구가 늘었고, 재미가 붙으니 이것저것 시도해보게 되었다. 내 쪽으로 주춤주춤 다가오는 할머니에게 이거 이렇게 하는 거더라고요? 하면서 능청스럽게 알려드리며 혼자 뿌듯해하는 일도 생겼다. 그럴 때면 크럽 식구들은 나만큼이나 으쓱해하며 이제 여기서 내가 제일 잘한다며 마구 칭찬해주었다.

근육량이 6kg 정도 늘어났을 때에는 가장 열성적인 할아버지도 이제는 하산해도 좋다는 미소를 보냈다. 덜 뚝딱거려서일까? 아님 헬스장의 신인을 졸업해서? 어느 순간 내가 운동할 때 주춤주춤 다가와서 알려주시는 것도 좀 시들해졌다. 마구 붙어서 설명해주시는 게 가끔은 너무 귀찮아서, 이제 제발 그만 좀… 알아서 할게요, 를 수십 번 삼켰는데. 막상 알아서 하게 두니까 요상하게 아쉬운 건 정말 기분 탓일까? 후련할 줄 알았는데.

헬스크럽의 아이돌은 졸업해버렸지만, 그들의 열성적인 목소리를 들으며 땀 흘렸던 시간을 종종 생각한다. 기분이 좋아진 누군가가 쏘는 자판기 율무차를 마시며 시답잖은 애기를 하던 시간. 들 수 없을 거라 생각했던 무게가 번쩍, 팔 위로 올라갈 때의 짜릿함. 덜 엉성해진 나를 마구 칭찬하는 그들 속에서 능청을 떨던 순간들. 오래 기억할 지금의 소중한 한 조각.

생판 모르는 나에게도 선뜻 무언가를 알려주려는 마음이 그리울 것 같다. 재야의 고수처럼 슬쩍 다가와서는 가끔은 엉터리로 무언갈 알려주는 것도. 서로 말이 달라서 머쓱해하던 것도 꽤나 귀여웠는데. 덕분에 행복한 헬스크럽의 아이돌일 수 있었다. 고맙다는 말을 꼭꼭 삼킨다.

좋을 때는 발을 찬다

누구에게나 은밀한 취미 한 가지쯤은 있지 않나요? 글로 쓰는 순간 더는 은밀하게 남겨둘 수 없을 것 같아 망설여진다. 내 은밀한 취미는 발차기인데 때로는 휘적휘적 발을 차고 높은 곳에 앉아 발을 달랑달랑 흔들기도 한다. 아니면 그냥 걷는 듯이 툭툭 발을 휘두르거나 과장스럽게 발을 올려대며 근위병처럼 걸을 때도 있다. 이건 아주 오랜 취미인데, 태어나기 전부터 나는 엄마 뱃속에서 열심히 발을 차댔다고 한다. 다리 힘도 대단해서 엄마는 내가 대단한 기량의 축구선수나 격투기 선수가 될 줄 알았다고. 세 살 버릇은 여든까지 간다는데 태어나기도 전에 생긴 버릇은 죽기 전까지 따라붙지 않을까.

발차기 역사는 오래되었지만 그에 비해 전문성은 떨어진
다. 나는 발차기계의 즐기는 자일 뿐 축구선수도 격투기 선
수도 되지 못했지만. 오히려 그래서 지금까지도 남몰래 발차
기를 즐기고 있다. 왜, 좋아하는 것도 일이 되면 싫잖아요?
내가 가장 자주 차는 것은 이불인데 거기에는 다행히 전문
성이 필요 없다. 발끝까지 이불을 덮으면 발가락이 간질간
질한 것 같아서 툭툭 이불을 찬다. 발을 찰 수 있고 발가락을
마구 꼼지락거릴 수 있어야 잠이 온다. 아마 무덤에서도 흙
을 덮어주면 답답하다고 발을 뻥뻥 차대서 멀리서도 한눈에
알아볼 수 있는 구멍을 만들 수 있을 것이다. (구멍 뚫린 무덤
은 내 무덤이고 구멍 뚫린 쪽에 발이 있다.)

사실 내가 발차기를 좋아하는 인간인 것은 걔가 말해주어
알았다. 걔는 늘 나보다 꼼꼼하게 나를 살피고는 툭툭 한마
디씩을 던지곤 했다. 너는 맛있는 걸 먹을 때 젓가락을 까딱
거려. 너는 기분이 좋을 때 발을 달랑달랑 흔들어. 나는 네가
마음에 드는 글을 읽을 때랑 아닐 때를 구분할 수 있어. 어떻
게? 네가 정말 마음에 드는 글을 읽을 때는 발을 툭툭 앞으

로 차. 사실 그전까지는 나도 몰랐다. 내가 좋을 때 발을 차는 인간인지. 걔가 알려주고 나서 보니 정말 그랬다. 걔는 내가 말하지 않은 것들을, 나도 모르는 나를 많이 알고 있었다. 아마 그래서 나도 모르게 걔 앞에서는 발을 툭툭 차게 되었다. 걔는 그것도 알고 있었을까?

아마도 나는 좋은 것을 좋다고 말하는 데에 서툴러서 괜한 몸짓들만 익히게 되었는지도 모르겠다. 맛있는 것을 먹었을 때는 젓가락만 달랑달랑 흔들고. 기분이 좋을 때는 발을 툭툭 두드리고. 옆에 슬쩍 앉아서 몸만 달싹달싹. 왜 좋아하는 것들 앞에서는 입보다는 몸이 먼저 움직이는지. 정작 하고 싶은 말들은 하나도 하지 못한 채 괜히 부산스러워지기만 했다. 그냥 좋다고, 너무 좋다고 말하면 되는 걸 왜 구석에서 발만 꼼지락거렸을까. 그런 생각을 하는 지금도 나는 좋은 것들 앞에서는 괜히 어깃장이나 놓고 있지만 내가 그렇게 어설픈 사람인 것을. 별수 없다.

좋은 것을 좋다고 말하고, 행복할 때 걱정 없이 웃고, 사랑하는 이들에게 시의적절하게 사랑을 말할 수 있는 인간이었더라면 글을 쓰지는 않았을 것이다. 결국 나는 발차기를 하게 했던 수많은 반짝거리는 순간들에 뒤늦게 부연 설명을 붙이고 있다. 세상엔 나를 발 구르게 하는 사람들이 있고, 동동 발을 흔들게 되는 순간들이 있고. 그 순간들의 나를 오롯이 눈에 담고 너, 발 차는 거 왜 이렇게 좋아해? 같은 말을 건네는 걔가 있고. 그럼 나는 그를 생각하며 또 혼자서 종종거리며 발을 차고. 자꾸 차고. 걔는 기분이 좋을 때 어떤 몸짓을 할지 자꾸 생각하고.

그렇게 발을 찼던 기억들은 차곡차곡 쌓인다.

나른한 오후 떼 지어 하늘로 튀어 오르는 우아한 돌고래를 보던 날. 우아한 것에는 취미가 없어서 금세 질린 나는 물이 튀는 모양이나 물거품 같은 것만 쳐다보다가 졸음이 밀려와서 눈을 끔벅 끔벅거렸다. 나른했던 오후. 나를 잡은 손을 옴작거리며 돌고래를 보던 너. 박수를 치고 즐거워하고 무어라 조잘거리는 너. 너를 보고 있으니 나른한 오후가 뜨겁게 변했다. 흘긋흘긋 너를 쳐다보면서, 네가 돌고래를 좋아한다면 나도 돌고래가 좋다는 생각을 하며 다리를 달랑거렸다. 네가 들어온 마음 틈새로 스며 들어온 작고 아름다운 것들이 좋았다.

또 다른 발차기. 노오란 은행잎이 소복하게 쌓인 길을 미끄러지듯이 움직이며 경중경중 발을 찼던 너와 나. 아무것도 모르고 발에 걸리는 모든 것을 툭툭 찼을 때처럼 다시 어린애가 된 것 같았다. 눈이 마주치는 순간 터지는 웃음. 해사하게 빛나던 너의 얼굴과 바람에 휘익 날리던 낙엽. 잠시 정지 버튼을 누르고 싶은데 그럴 수가 없어서 어쩐지 슬펐다. 길이 너무 짧았다. 혹시나 내가 발을 차면 지금 이 시간이 날아가버리지는 않을까. 왜인지 점점 소심하게 발을 차게 되고 종국에는 톡톡, 발끝만 바닥에 대고. 너와 더 가까이 몸을 붙이고.

수영을 할 때에는 물을 밀어내면서 힘껏 발을 차야 한다고 했다. 그래야 앞으로 나아갈 수 있다고. 그런데 내 발차기는 아무것도 밀어내지 못해서 나를 자꾸 좋았던 순간으로 돌려놓고 나는 앞이 아니라 뒤로 가는데. 그렇지만 발을 차지 않다가 가라앉아버리면 어떡하지? 밀어내도 밀려드는 아득한 시간 속에서 나는 가라앉지 않기 위해 툭툭 발을 차고. 그렇게 다시 떠오른 것들과 둥둥. 다시 발을 차고 싶은 순간들을 향해 떠다니며. 발끝에 툭 닿는 기억하고 싶은 순간들을 자꾸만 곱씹었다. 나쁘지 않았다.

인생이 거대한 조별 과제라면

주짓수에는 탭이라는 것이 있다. 기술이 걸려서 견디기 어려울 때, 부상을 입을 것 같을 때 바닥을 탁탁 쳐서 의사를 표시하는 것이다. 주짓수를 고작 잠깐 체험하는 원데이 클래스였지만 관장님은 탭이 얼마나 중요한지를 자꾸만 말했다. 탭을 제때 치는 것이 기술을 익히는 것만큼이나 중요하다고. 버티고 있다가는 어딘가 부러지거나 크게 다친다고. 탭을 치는 게 자기를 지키는 거라는 관장님의 말은 요즘도 문득문득 생각이 난다.

두어 번 해본 주짓수에서는 내가 쪼렙인 게 당연했기에,

완연한 체급 차가 나는 사람들 앞에서 기술 같은 게 걸리기도 전에 탁탁 탭을 쳐버렸지만. 삶의 측면에서 나는 고수도 아니면서 탭을 안 치기로 작정한 사람처럼 군다. 탭을 안 치고 싶다는 거창한 다짐이 있는 건 아니다. 그냥 언제 쳐야 할지 모르겠을 뿐이지. 곰곰이 생각해봐도 모르겠다. 탭을 칠 수 있다는 사실 자체를 까먹는 것 같기도 하고. 정말로 어딘가 크게 다쳐 너덜너덜해진 다음에야, 아, 그때 탭 칠걸 하고 마는 것이다.

인생이 거대한 조별 과제 같다는 생각 같은 걸 하는 지점에서 〈탭현명하게치는인간〉 되긴 글렀다. 조별 과제니까 내 몫은 똑바로 하고 싶다는 생각이 들고, 때론 내가 탭을 치면 누군가가 내 몫을 해야 하는 게 아닐까 두려워지고. 아마 내 몫을 대신 해야 하는 사람은 나랑 가까운 누군가일 텐데. 나를 무겁게 누르는 게 그쪽으로 가는 건 너무너무 싫은걸. 폐 끼치기 싫단 생각 그만하고 싶다고 하면서도 내가 누구한테 폐 끼치는 건 최악이다. 무리를 하더라도 조장 겸 발표자가 되어 하드캐리하겠어.

변명하기 싫고, 폐 끼치기 싫고, 칙칙해지기 싫고, 누가 나를 배려하고 신경 쓰는 상황 만들기 싫고. 싫은 게 왜 이렇게 많은지 하여간. 온갖 싫은 것들을 아슬아슬 피해가다 보면 내 한계는 어디일까? 나는 괜찮은 걸까? 그런 건 다 뒷전이고 일단 눈앞에 놓인 걸 하는 게 먼저가 된다. 이렇게 말하면 뭐 대단한 걸 하며 사는 것 같지만 그런 거 없이 시시하게 지내면서도 왜 마음만 급한지 모를 일이다. 역시 나는 너무 피곤하고, 그런 나를 살살 달래면서 사는 건 정말 적응이 안 되는 일이다.

그렇지만 별 거창하지 않은 날들이라도 살아가기 위해서, 사랑하기 위해서 체력이 필요한걸. 체력은 얼마간 버텨내는 힘이라고 나는 생각하는데. 버티는 걸 너무 열심히 하다 보면 힘이 빠지고. 힘이 빠지는 건 너무 싫으니까 괜찮고 싶어지고 괜찮으려고 애쓰다 보면 진짜 무덤덤해져서 괜찮은 것도 괜찮아, 아닌 것도 괜찮아, 하게 된다. 나만 그런 건 아닐 거라고 성급한 일반화를 해볼까 보다. 조금만 더 조금만 더 하다가 아예 망하고 나서야 어딘가 잘못되었군, 하는 거지.

미련하다. 미련한 것도 알고. 자, 이제부터 스스로의 상태에 조금 더 신경을 쓰자! 이 다짐만 오백 번은 넘게 한 것 같은데(거의 매해 새해 목표에 들어가 있고, 크고 작은 모든 사건들의 결론은 이런 식이다) 그게 잘 되지가 않는다. 차라리 뭔가가 나한테 닥쳐올 때 정말로 주짓수의 기술들처럼 〈여기서더버티면죽음〉 같은 게 파바박! 느껴졌으면. 뭔가 체급처럼 저기에 덤비면 난 조져질 것이다, 뭐 그런 게 눈에 보였으면 좋겠다. 그러면 모든 게 좀더 깔끔하고 덜 구질구질할 텐데.

그래도 세상이 거대한 조별 과제라는 데에 희망을 걸어볼 만도 하다. 기억을 되짚어보면 어쩔 수 없는 사정이 생긴 조원이 있대도, 서로 탓하지 않았던 것 같은걸. 그 상황에서 각자 할 수 있는 최선을 했었으니까. 난 기꺼이 조장 겸 발표자 겸 자료 조사 같은 것도 흔쾌히 할게요! 할 수 있으니까. 우리는 같은 조니까 나에게도 그래줄 조원 몇 명은 있을 것이다. 그러니까 내가 탭을 쳐도, 마구 망하거나 폐를 끼치는 건 아닐지도 모른다. (라고 쓰면서도 의구심이 드는데 정말 그럴까?) 탭 칠까 말까 할 땐 쳐도 되는 거야. (애써 말해본다.)

정말로 세상이 거대한 조별 과제라면, 또 오래오래 계속

해야 하는 조별 과제라면 〈단 한 순간도 폐를 끼치지 않을 것이며 내가 모든 것을 캐리하겠다〉 같은 생각이야말로 오만일지도 모르겠다. 정말 우리가 같은 조라면 내가 버티고 버티다가 어딘가 부러지고 다치는 것보다는, 힘 빠지기 전에 탭을 치기를 바라고 있을지도 모른다. 그러니 할 수 있을 만큼만. 다들 덜 비장해졌으면 좋겠다. 일단 내가 덜 비장했으면. 거리낌 없이 별생각 없이 탭을 치고 또 툭툭 일어나서 다시 하다가 또 탭 치고 그렇게.

아, 맞다! 그리고 혹시 탭을 치고 싶은 사람이 있다면 언제든지. 내가 조장 겸 발표자 겸 자료 조사 겸 피피티 겸겸겸을 해줄 거라고. 그러니까 민망하게 고마워하거나 미안해하거나 비장해지지 않기로. 어쨌든 탭을 치고 싶을 만큼 이미 오래 버텨왔을 거야. 우리는 늘 그때의 최선을 다하니까.

4부. 마음과 마음 사이

빨간 사과를 건네는 마음

엄마가 홍옥 한 봉지를 갖다 주었다. 새빨갛게 반짝거리는 홍옥이 봉지에 가득 담겨 있었다. 예쁜 것을 골라 좋아하는 카페에 들고 갔다. "별 건 아니고 홍옥이라는데 너무 많아서 가져왔어요." 머쓱하게 봉지를 내밀며 말했다. 누군가에게 무언가를 주는 일은 왜 항상 요란하게 느껴지는지. 나는 늘 이것저것 고민하거나 준비해두고도 별거 아닌 듯이 건넨다. 그냥 생각이 나서, 어쩌다 보니, 나에게는 어려운 일이 아닌데, 하는 식이다. 과하고 부담스러울까 봐 먼저 변명부터 늘어놓는 것이 참 멋없다.

작은 카페의 사장님도 나랑 비슷하게 멋이 없다. 디저트 몇 가지를 더 챙겨주시거나 시키지도 않은 음료를 내오실 땐 이상한 이유를 덧붙인다. 신메뉴라서, 모양이 조금 찌그러져서, 하나만 주면 정 없으니까 이것도 먹어보라 저것도 먹어보라 하는 식이다. 나는 그런 사장님에게 짐짓 화가 난 듯 정색을 한다. 팔아야지 자꾸 돈을 안 받고 주시면 어떡하냐고 툴툴. 사장님도 마찬가지다. 자기가 자꾸 이런 걸 받아도 되냐며 어떡하냐고 그런다. 그런 말들을 주고받으면서 피식 웃는 시간들은 지친 하루도 꽤 괜찮은 날로 만들어준다. 그게 좋아서 아마도 나는 또 무언가를 들고 카페에 가겠지.

그날 사장님에게 드린 홍옥은 체크무늬 테이블보 위에 놓여 있다가 예쁘게 깎여서 나에게 돌아왔다. 아니 사장님, 저희 집에는 이게 있는데 다시 주시면 어떡해요! 했지만 사장님은 막무가내였다. 나눠 먹어야 맛있단다. 하나는 깎아서 손님들과 나눠 먹고, 나머지 하나로는 사과 파운드케이크를 만들 거라고 했다. 그날 하루 종일 사장님은 반죽을 가지고 씨름했고 결국 나에게 사과 파운드케이크 한 조각을 챙겨주었다. 갓 틀에서 나온 향긋한 사과 파운드를 받아들고 집에 돌아왔다. 손에 닿는 사과 파운드가 따뜻했다.

서툰 내가 툭 던져낸 마음이 향긋하고 따뜻한 것이 되어 돌아올 때에는 행복발전장치가 된 것만 같다. 공을 굴리듯 작은 행복을 툭 던져놓으면 그 행복들이 몽글몽글 커지는 것이다. 영상이 너무 좋아서 슬쩍 남긴 유튜브 댓글에 크리에이터가 빨간 하트와 답글을 보냈을 때에도 비슷한 기분이 들었다. 내 댓글을 몇 번씩 읽었다며 계속 영상을 만들어낼 수 있는 힘이 생겼다고 했다. 괜히 머쓱했다. 친구에게 건넨 말들이 "너랑 얘기하면 힘이 나" 같은 말로 돌아올 때에도. 불쑥 학생들이 "따뜻하게 대해주어 고맙다" 같은 말을 해줄 때에도. 내가 뭔데 이런 말을 듣는가 싶어 겸연쩍어지는 것이다. 마음의 벽은 흐물거리고 그 틈새로 몽글몽글 행복이 비집고 들어오는 순간들.

행복발전장치 같은 생각이 너무 유치하고 오글거린다고 혼자 질색 팔색을 할 것을 잘 안다. 대충 새벽 감성으로 쓴 이 글을 으— 하면서 다시는 보지 않을 것도 잘 안다. 그럼에도 몽글거리는 순간들을 꼭꼭 뭉쳐두어 기억하고 싶은걸.

요란하지 않으려고 애쓰다 도리어 멋이 없어지는 내 방식이 서툴러도 꾸준하게 애정을 굴려내고 싶다. 그렇게 굴려낸 애정들이 만들어낸 몽글거리는 행복은 평범한 하루를 향긋하고 따뜻하게 만들어준다. 홍옥이 잔뜩 들어간 파운드케이크처럼.

모닝빵 같은 마음

이사를 할 때마다 보물찾기를 하듯 동네 구석구석을 돌아다 녔다. 과일은 어디에서 사야 할지, 마트는 어디가 괜찮은지, 운동은 어디에서 하면 좋을지를 꼼꼼하게 살폈다. 괜찮은 문 구점, 제일 가까운 편의점과 다이소의 위치 같은 것을 익히 고 괜히 이곳저곳 발걸음을 옮겼다. 발이 닿는 곳마다 작은 이름표를 붙이는 일은 질리지가 않았다. 콕콕 점을 찍고 이 어서 별자리를 만드는 것 같았다. 반짝이는 장소들을 뺀질나 게 드나들고 이어내는 동안 시간은 물결치듯 흘렀다. 들고 난 시간의 자리에 무늬가 생겼다.

몇몇 개의 점들은 다른 점보다 훨씬 반짝였다. 주로 빵집이 그랬다. 길을 잃은 것 같은 날엔 나도 모르게 빵집을 찾았다. 따뜻한 공간에서 버터 냄새를 가득 맡으며 빵을 보고 있으면, 뭘 살지 결정하는 게 제일 중요한 문제 같았다. 마음을 괴롭히던 다른 것 대신에 그런 것을 고민할 수 있어서 좋았다. 회식이 길어지던 날 밤에도, 유난히 일어나기 어려운 아침에도 비척비척 나가서 빵을 한아름 안고 들어왔다. 낯설었던 도시에서 처음 마음을 둔 곳은 직장도, 친구도 아닌 언덕 아래 작은 빵집이었다.

그 빵집의 바깥에는 작은 나무 의자 두 개가 놓여 있었다. 때론 아이들이, 때로는 할머니들이 앉아서 까르르 까르르 이야기를 나누었다. 새들이 올라앉아 있거나, 파가 삐죽삐죽 솟은 장바구니들이 올라앉아 있기도 했다. 손에 가득 든 짐을 잠깐 내려놓으라고, 누구든 앉으라고 말하는 것 같아서 그 빵집이 좋았다. 괜히 슬쩍 가서 장바구니를 올려두곤 빵을 가득 사서 나왔다.

한쪽 선반에는 모닝빵들이 있었다. 호빵맨 얼굴처럼 통통

한 모닝빵이 줄줄 묶여 있는 걸 보면 괜히 배가 불러지는 기분이 들었다. 계란 물을 잔뜩 발라 구운 것처럼 반질반질 윤이 나는 모닝빵은 꼭꼭 씹으면 씹을수록 맛이 있었고, 한입폭, 베어 물면 다시 금세 동그랗게 부풀어 올랐다. 어디엔가 찌그러지고 베어 물리더라도 금세 퐁신 솟아오르는 마음을 갖고 싶다고 생각하면서 모닝빵을 우물우물 삼켰다.

바게트도 맛이 있었다. 하얀 가루가 넉넉히 뿌려진 바게트를 잘라 달라고 하면, 사장님은 솜씨 좋게 큰 칼로 바게트를 썰었다. 두두두둑, 하는 둔탁한 소리가 나는 게 재미있어서 빵이 썰리는 동안 눈을 떼질 못했다. 길다란 바게트가 작은 빵 조각들이 되어 봉지 가득 담겼다. "이거 딱딱하니까 조심조심 드세요." 하는 사장님한테 네에, 대답해놓고는 급하게 먹었다. 입천장이 엉망진창이 되었다.

영수증이 나오면 나오는 대로 그냥 두어서 카운터 쪽 바닥에는 늘 영수증이 뭉텅이로 깔려 있었던 빵집. 뭐가 그렇게 좋았을까? 매일 모닝빵만 먹냐며 사장님이 건넸던 꽈배기, 기름 도넛은 싫은데 거절할 수 없어서 한입 먹었던 기억.

그게 너무 맛있어서 꽈배기를 한 움큼 사오던 날들. 빵이 너무 맛있다고 수줍게 건넸던 말과 괜히 또 갓 나온 빵을 얹어주던 따뜻함. 자그맣고 귀여운 크로와상과 크림치즈가 뚝뚝 흐르던 빵.

어느 하나 내 것 같지 않았던 공간과 처음 시작한 일이 벅찰 때마다 늘 거기에 있어주던 빵과 빵집. 빵집에서 집까지 집에서 빵집까지를 무늬를 새기듯 오가는 날들 속에서 익숙해지는 것들이 하나하나 늘어나서 조금은 더 괜찮은 것처럼 느껴지던 시간들. 우리 가게 곧 옮겨요, 하던 사장님에게 그동안 고마웠어요, 하고 말할 수 있었던 건 빵집이 없어지더라도 그 빵과 빵집이 나에게 주었던 용기는 나에게 남아 있기 때문일 거야. 이제는 지나간 무늬가 되어버린 빵집을 생각하며 퐁신 솟아오르는 모닝빵 같은 마음을 가지고 싶다고 생각한다.

고요와 고양이

이사한 집의 창가에는 햇볕이 유난히 잘 들었다. 종종 눈이 부셔서 유리문을 닫았다. 담뿍 햇살을 받고 싶을 때에는 베란다에 나갔다. 바삭바삭하게 마른 빨래를 잘 개켜놓고는 또 한아름 빨래를 널었다. 창을 때리는 바람 소리, 서걱한 공기의 질감과 유리창 모양으로 가득 들어오는 햇빛이 좋았다. 창밖으로 비치는 운동장의 풍경과 개미만큼 작게 보이는 사람들을 한참 쳐다보았다. 11층에서 내려다보는 사람들은 늘 종종거리는 모양새로 조금씩 조금씩 움직였다.

매일이 비슷비슷한 모양으로 흘러갔다. 정해진 시간에 요가를 하고 똑같은 아침을 챙겨 먹었다. 출근하는 친구에게 과일이니 고구마를 챙겨주고는 안녕, 엘리베이터에 반쯤 기대서서 배웅을 했다. 친구가 나가고 나면 시간은 꿈틀꿈틀 느리게 흘러갔다. 커져버린 집 안에 햇살과 나만 덩그러니 놓여 있는 듯. 늘 한 그릇만큼 점심을 차려 먹고는 익숙한 책을 펼쳐 들었다. 좋은 부분을 필사했다. 오늘치의 청소를 하고 서걱서걱 고양이의 털을 쓸어내고. 단 하나도 달라질 것이 없는 고요한 일상의 풍경.

비슷비슷한 일상에 디테일을 얹는 건 고양이였다. 내가 고요에 잠기기 전에 그들은 나에게 머리를 들이밀었고, 쓰다듬어 달라 칭얼거렸다. 작은 칭얼거림과 자그마한 손짓들을 쉴 새 없이 따라가다 보면 시간이 훅 흘러 있곤 했다. 털뭉치들과 함께한 순간들은 어제와 오늘을 다르게 만들었고, 하루들을 가득 채웠으며 고요가 지나간 자리에는 따뜻함이 남았다. 그 따뜻함을 곱씹다 보면 내가 살아 있는 것 같다는 생각이 들었다. 좀, 털 날리는 따뜻함이었긴 하지만.

'고양이1'은 딴청을 피우며 슬금슬금 다가와서는 털이 부숭부숭한 꼬리를 등에 살랑거렸다. 손을 뻗어서 털을 쓸어주면 기다렸다는 듯 자리를 잡았다. 그는 딱 꼬리만큼만 닿는 거리를 유지하는 걸 좋아했다. 그리고 나는 그 적당한 거리 두기가 좋아서 적당히 무심한 척 그를 쓸어주었다. 눈을 감은 그는 큰 소리로 갸르릉거리다 옆으로 눕고, 배를 까뒤집고 두 팔을 쭉쭉 뻗으며 꾹꾹이를 했다. 근엄한 것 같은 고양이1의 얼굴에 사랑스러운 표정이 가득 차는 게 좋았다.

고양이1은 마음이 찰 만큼의 손길을 받고 나서는 털뭉치 같은 몸을 일으키고는 원하는 자리에 가 다시 눈을 감았다. 오는 것도 가는 것도 제멋대로라서 예뻤다. 그러다가도 또 그는 의자에 앉은 나에게 다리를 비볐고, 무릎을 손으로 툭툭 치면 올라와서 자리를 잡고 우아하게 다리를 핥았다. 나는 또 잔뜩 사진을 찍어서는 친구에게 전송하곤 "이봐, 고양이1은 나를 너무 좋아해." 하고 말했다. 친구는 짐짓 심통이 난 듯 "그래! 걘 너를 더 좋아해." 하고는 투덜거렸다.

'고양이2'는 전기장판을 베고 잤다. 전기장판 아래에 숨어서 한참은 늘어지게 자다가 전기장판을 들추면 흠칫, 놀라서 꾸물거리곤 했다. 이불 안으로 안으로 머리를 밀어 넣고는 아예 누워버렸다. 따뜻한 걸 참 좋아하는구나 싶어서 전기장판을 올려주었다. 고양이1과 달리 2는 당당하게 애정을 갈구하는 타입이었다. 무릎 위에 올라앉고, 어깨에 팔을 걸치고 총총총거리면서 발 뒤를 쫓았다. 나에게 다가와 머리를 비볐다. 친구는 고양이1의 감질나는 애정 표현보다 2의 주체할 수 없는 애정 표현이 만족스럽다고 했지만. 뭐랄까 나는, 쓰다듬을 받고 싶은데 눈치를 보는 1이 신경 쓰여서 꼭 2를 쓰다듬고는 1에게 가서 또 한참을 쓸어주게 되었다.

새로 온 공간이 낯선 2는 큰 소리가 나면 흠칫 놀라 이불 속으로 더 파고들고, 옷장 속으로 몸을 숨겼다. 이 집이 낯선 것은 나도 똑같아서, 그런 기분이 들 때에는 한참 2를 꼭 안고 있었다. 여기에서 내가 잘 아는 건 너밖에 없어, 같은 소리를 하면 2는 꼭 알아듣는 것 같았다. 까칠까칠한 혀로 나를 핥는 2를 안고 있으면 어쨌든 뭐든 괜찮아질 거라는 생각이 들었다. 종종 2와 떨어지기 싫어서 침대 쪽에서 고구마를 먹거나 책을 보기도 했다. 2는 기다렸다는 듯 나에게 머리를 기댔다.

글쎄, 여기까지는 다 좋은데, 내가 꼬리를 딱 붙인 1을 쓰다듬고 있을 때에는 꼭 2의 눈치를 보게 되었다. 2가 나라 잃은 표정으로 나를 쳐다보면 미안하고 머쓱해서 어째야 할 줄 모르겠다는 생각이 들었다. 2를 무릎에 앉히면 다시 1이 세상 억울한 표정으로 나를 쳐다봤다. 1의 표정은 좀 무시하기 어려운 데가 있어서 다시 1 쪽으로 가서, 알지, 날 이해하지 눈빛을 잔뜩 보내고 나면 2가 다시 다리에 와서 비비적거리고, 그럼 둘은 나를 사이에 두고 으르릉 으르릉거리면서 한참을 노려보다가 뱅뱅 돌고 신경전을 하는 것이다.

고요한 일상이고 햇볕이고 뭐고. 나는 반쯤은 고양이들의 눈치를 보고, 직업병처럼 다들 화해시켜야 할 것 같은데 어쩌지 발만 종종 굴렀다. 고요함은커녕 속이 시끄러워져서 흠흠, 하고 자리를 피하면 둘은 또 베란다로 거실로, 방으로 들어가면서 잡기 놀이를 하고 실컷 걸어두었던 빨래를 우다다 떨어뜨렸다. 이놈들이! 씩씩대면서 다시 빨래를 걸어두고 거실로 나가면 또 모래를 잔뜩 튀겨놓고 나간 그들의 흔적이 가득했다.

털 날리는 일상. 투덜거리며 1과 2를 노려봐도 다시 몸을 붙이며 다가오는 그들 앞에서 나는 또 속수무책이 되어버리고. 애옹과 웨옹의 중간 정도 소리가 가득 찬 거실에서 양쪽 팔로 고양이 두 마리를 쓰다듬었다. 에라, 모르겠다. 지쳐서 누워 있는 내 위에 또 주춤주춤 다가오는 그들을 어쩔 수 없이 가득 안고는 1과 2가 오래오래 건강하고 행복하기만을 바랐다. 그거 말고는 더 바랄 게 없을 것 같다는 생각이 들었다.

◇

이 글은 애착양말을 신고 작성되었습니다

여기, 양말 하나가 있다. 성긴 수면 양말로 똘망한 눈과 빨간 퐁퐁이 코가 달려 있다. 루돌프의 형상을 하고 있으며 법 없이도 살 것 같은 순한 인상. 낯선 장소에 가거나 버거운 약속이 있을 때에는 꼭 챙기도록 하자. 애착양말을 신고 녀석의 코를 가만히 보고 있으면 약속 대상에게 약간의 애착을 더 느껴볼 수 있다. 단 녀석의 코를 봐야 할 일이 너무 많아지거나, 녀석과 눈을 자주 마주친다면 그 약속 대상과 다시 만나는 것은 고려해볼 것. 아마도 나는 어색함을 숨기기 위해 매우 애쓰고 있을 것이다. 아니면 약속 장소가 몹시 춥거나. 추운 곳은 사람을 웅크리게 만든다. 가급적 피하는 것이 좋다.

애착을 가진 만큼 너무 닳고 낡아서 나는 똑같은 것을 하나 더 사려고 했다. 당시에는 그게 세상에 좀더 애착을 가질 수 있는 좋은 방법 같았는데. 같은 종족의 양말을 찾았어도 인상이 애착양말과는 달랐다. 코의 위치와 뿔의 각도 같은 것이. 녀석이 유일무이한 존재인 것만 확인했다. 덕분에 삶에 대한 애착은 애착양말 하나의 수준으로 유지된다. 너무 애착이 많은 삶에는 더 많은 상실이 있다는 점에서 다행스럽다. 오히려 비슷한 것이 세 개쯤 생긴다면 녀석이 덜 각별해질지도 모르겠다. 그건 그것대로 속상하니까 '애착양말 1개'에 만족하도록 하자.

퐁퐁이 코는 심신 안정에는 좋으나 실용성은 없다. 생각해보니 심신 안정보다 더 중요하고 쓸모 있는 기능이 있는가? 그런 점에서 본다면 코는 몹시 실용적이라고도 할 수 있다. 아무튼 퐁퐁이 코는 신발을 신을 때 자기 존재를 주장하며 신발 밖으로 탈출한다. 그래서 모든 룩에 빨간 코를 끼얹을 수 있다. 크리스마스 중독자처럼 보일 수 있으니 실내에서만 신도록 하자. 코가 탈출하지 않는 상황이라면 신발 안에서 이리저리 찌그러지는데, 그때 실수로 밟으면 발이 찝찝

하니까 주의해야 한다. 애초에 부숭부숭한 그 양말을 외출 신발에 억지로 끼워 넣은 상황에서 나는 글러먹은 상태일 것이다. 실수로 코 밟는 것 정도는 신경 쓸 정신이 없을 테니 괜찮을 것 같기도.

더 촘촘하고 따뜻하고 요란한 이목구비가 없고 발목이 쫀 쫀한 수면 양말(새로 산 수면 양말로 이름은 '비둘기')과 비교하는 말을 녀석 앞에서는 하지 말 것. 애착양말이 세탁기에 들어가서 다시 나오지 않으려고 할지도 모른다. 아니면 나에게 더 큰 절망을 주기 위해 한 짝만 없어진다든가. 두 짝이 동시에 없어지면 이별을 받아들이기가 더 쉽지만, 한 짝만 남아 있는 양말은 자꾸 어딘가에 있을 한 짝을 떠올리게 한다는 점에서 슬프다. 그리고 나는 좀 덜 슬프고 싶다. 아무튼 그는 발목이 쫀쫀하지 않은 대신 잘 벗겨지므로 침대 안에서 다른 발로 슥슥 밀어서 벗을 수 있다. 촘촘하지 않아 발이 더 커 보이는, 빈 수레가 더 요란한 효과도 연출 가능하다.

(애착양말의 활용 사례)
애착이 필요한 순간 신는다. ― 녀석과 눈을 마주친다. ― 약간 안도한다. ― 코에 묻은 고양이 털이나 먼지를 떼 준다. ― 코가 떨어지지 않기를 기도한다.

이게 활용 사례가 맞는가? 불필요한 사족 같다.

사실 이 부분의 불필요를 논하기엔 글 전체가 별로 쓸모가 없으므로 그것을 따지는 일은 무의미하다.

그러나 꼭 글이 의미가 있어야 하는가? 의미가 있는 글만 써야 한다면 삶에 대한 애착은 한 층 더 떨어질 것이다. '애착양말 3개' 정도는 필요할 만큼. 그러니 더 쓸데없는 것을 많이 쓰도록 하자.

(이 글은 애착양말을 신고 작성되었습니다.)

최종 보스 올라프

맏춤뻡과 한일극장에서 겨울왕국을 봤다. 나는 영화 보는 걸 별로 안 좋아했는데, 걔는 너무 말이 많았고 나는 그 말들에 너무 빠르게 관심이 없어졌으므로 영화를 보는 데에 동의했다. 걔는 입만 열면 자기의 생각을 줄줄 말했는데, 대부분은 자기가 얼마나 많은 것들을 아는지, 얼마나 많은 생각을 하는지에 대한 것이었다. 〈맨스플레인 사례집〉을 만든다면 그를 제보하고 싶다. 훌륭한 고증자료가 되어 줄 텐데. 그때까지 내가 만났던 남자들은 다 고만고만하게 재미가 없었고(사실 아직까지도 나는 재미있는 남자를 본 일이 드물다) 그래서 맏춤뻡이 그의 엉망진창인 맞춤법처럼 글러먹었다는 걸 알기가 어려웠다.

그나저나 되게 거슬리네. 맞춤뻡이라는 단어를 쓸 때마다 한컴오피스 자동변환기능이 켜져서 akwcnaQJq이라고 바꿔준다. 걔의 장난이 딱 그랬다. 과하고 거슬리는 것, 뭔가 다른 것으로 바뀠어야 했던 것. 영화 시작 전에 걔는 나에게 자기가 뭔갈 얘기해주겠다고 했다. 사실 〈겨울왕국〉에는 엄청난 악당이 나오는데 그게 바로 저 하찮게 생긴 눈사람이라고 했다. 나는 맞춤뻡한테 고마운 마음이 들었다. 배신이나 악당 같은 것은 미리 알고 있는 편이 좋기 때문이다. 영화를 열심히 보다가 배신자가 나오면 분명히 아주 충격적일 것이다. 저 조랭이떡 같은 눈사람이 배신을 한다면 나야말로 영화에 배신을 당해버린 기분일 테니 미리 대비해 둘 수 있어 다행이었다.

그때부터였을까요? 겨울왕국이 〈올라프 : 악마를 보았다〉가 되어버린 것이? 엘사가 나와서 성을 짓든 〈렛 잇 고〉를 부르든 나는 시큰둥했다. 올라프, 그놈이 언제 나오는지에 온 신경이 쏠려 있었다. 기대하던 그 자식은 첫 등장부터 아주 가식적이었다. 이죽이죽 웃으면서 "안녕, 난 올라프야! 따뜻한 포옹을 좋아하지!"를 말하는 폼이 예사롭지 않았다. 포옹이라니, 거리를 좁힌 근거리 공격을 노리는 건가? 잔뜩 올라간 입꼬리가 대단한 반전을 숨기고 있는 것 같았다. 안 나랑 엘사가 뒤통수 맞을 생각을 하니 내 뒤통수가 다 얼얼했다. 저, 저 나쁜 놈!

올라프는 꽤 치밀했다. 때때로 코를 당기고 균형을 잃은 듯이 빙글빙글 돌면서 멍청한 척 주인공들의 경계를 늦추었다. 이거 흥선대원군이 썼다는 무슨 위장법 아니냐, 손자병법에서도 비슷한 전략을 본 것 같다는 생각이 들었다. 혼자서 올라프가 쓰는 수를 생각하며 몰입했다. 아마도 한일극장에서 내가 가장 진지했을 것이다. 쓸데없이. 씨. 올라프가 사랑이 무엇인지 줄줄 읊을 때는 입만 살아 있는 기만적인 놈 같아서 더 뒷목이 당겼다. 저 가식스러운 모습을 좀 보라고 얘기하고 싶었다. 디즈니, 한 건 해냈군. 이건 내가 본 적이 없는 악당의 유형이다, 아주 입체적이야.

좀 슬프기까지 했다. 불구덩이 옆에서 뽀짝대면서 어떤

사람 앞에선 녹는 것이 아무것도 아니라고 얘기할 때. 올라프가 원하는 바가 무엇인지는 모르겠지만, 저렇게 죽을 위험까지 무릅쓰면서 고도의 심리전을 해야 하다니. 너무 각박하지 않나. 조랭이떡에게 너무한 세상이야. 저렇게까지 하는 올라프도, 그래서 배신의 순간 더 충격받을 엘사와 안나도 너무 슬펐다. 과하게 몰입해서 이상한 포인트(올라프가 빙글빙글 돌면서 노래 부를 때)에서 눈물이 날 것 같아서 괜히 천장을 쳐다보다가 앞자리를 쳐다보다가 했다. 왜 이렇게 진지했을까, 지금은 그때 내가 진지했던 게 제일 슬프다.

근데 언제 배신하지? 시간이 한참 흐르는 것 같은데도 올라프의 진면목이 드러나지 않아서 나는 좀 조바심이 났다. 지금쯤이면 당근 코를 뽑아서 주인공들을 때려눕히든가, 마시멜로 같은 몸통 속에 숨겨놨던 비장의 무기를 꺼내야 할 텐데. 감감무소식이었다. 심지어 올라프의 비중이 너무 낮은 거 아닌가 하는 생각도 들었다. 감질맛이 났다. 그래서 언제 배신해, 왜 배신해? 질문을 꾹 참았다. 나중에는 너무 답답해서 가방 안에 머리를 넣고 휴대폰 시계를 봤다. 끝날 때가 다 됐는데. 어어-? 몇 번 이걸 반복하다 보니 영화가 끝났다. 정말 이렇게 끝난다고?

  허무했다. 올라프는 배신하지 않았고. 별로 관심도 없었던 턱주가리가 악역 같아 보였고. 뭔가 모두가 행복해진 것 같았다. 올라프는… 올라프도 행복해 보였다. 나는 정말 망연자실했다. 그럼 올라프가 사랑이고 친구고 우정이고 말한 건 진심이었던 건가. 나는 그 조랭이떡 같은 애를 (끝나고 보니까 그다지 악당 같은 관상도 아니더라.) 의심한 건가. 진한 회의감이 들었다. 맏춤뺍 말 하나만 믿고 사람을(눈사람도 사람이니까) 판단한 건가. 아니, 근데 진짜 배신물이 아니었다고?

  그 이후로 맏춤뺍이 영화가 어땠냐 뭐라뭐라 말을 했는데, 도무지 듣고 있기가 어려웠다. "너 정말 올라프가 흑막이라고 믿은 건 아니지?" 맏춤뺍은 깔깔깔 했는데 하나도 안 웃겼다. 그때까진 걔가 얼탱이 없이 안 웃긴 얘기를 해도 예의상 웃었던 것 같은데, 별로 그럴 기분이 아니었다. "야, 재밌냐?" 하고 물었다. 걔는 완전히 얼어서 미안하다고 했다. 그냥 내가 왜 극장에 앉아 있는지, 왜 이런 같잖은 장난에 당했는지, 올라프는 왜 또 착한 놈인지 머릿속이 복잡해서 아무 말도 하기 싫었다. 그땐 왜 그렇게 진지했지.

  맏춤뻡 덕분에 알게 된 것이 있다. 일단 스스로가 재미있다고 생각하는 남자는 특히 더 구리다는 것. 덧붙여서 요상한 습관이 생겨버렸는데 누군가에 대해서 안 좋은 얘기를 들으면 불쑥 올라프 악당설에 대해서 생각해버리는 것이다. 사실 쟤가 올라픈데 뭔가 오해가 있었던 것은 아닌지 주춤하게 된다. 영화가 끝날 때까지 판단을 최대한 미루고 싶다는 생각. 굳이 굳이 똥인지 된장인지를 먹어보게 되는 것이다. 그래서 입에 대서는 안 될 것들을 많이도 먹었지. 후회는 없지만 약간 안타깝기는 하다.

  분명히 이상하고 기분 나쁜 사람을 겪어도 괜히 내 말이 올라프 악당처럼 붙지 않았으면 좋겠어서 요상한 사족을 덧붙인다. 나에게 그의 행동은 이런 느낌이었지만, 쟤가 그런 사람이라는 것은 아니야, 네가 그렇게 생각하지 않았으면 좋겠어, 를 구구절절 얘기하는 것이다. 이게 다 올라픈지 맏춤뻡인지 때문이다. 애들이 가끔 누가 그러던데요 쟤가 이러쿵저러쿵, 하면 나는 각을 잡고 앉아서 너 〈겨울왕국〉 봤니?

누가 올라프가 흑막이라고 해서 어쩌구저쩌구. 끝까지 보기 전엔 모르는 거야. 직접 보고 겪지 않으면 함부로 얘기하면 안 돼. 같은 얘기를 늘어놓는다. 윽. 재미없는 선생님.

맞춤뺍이 혹시 이 글을 보고 있다면 네 맞춤법과 농담은 진짜 재미가 없었다고 말하고 싶다. 그렇지만 애들한테 구구절절 얘기할 거리를 준 건 좀 고맙기도. 우린 서로가 서로를 글러먹었다 생각하겠지만, 사실 악당이나 악역, 글러먹은 게 따로 있나 싶은 생각도 든다. 누군가는 걔의 맞춤법도 개의치 않아 할 테고 끝까지 보고 겪으면 괜찮다고 얘기할지도 모르지. (웅. 난 아님.) 날이 추워질 때마다 생각하는 겨울의 이야기. 끝!

겨울잠 같은 시간

겨울에 생각해야 하는 것들. 목도리를 꼭 당겨 매어주는 손. 눈치 없이 일찍부터 흘러나오는 캐럴. 몸에 따뜻하게 붙는 스웨터. 누군가가 구석에 만들어놓은 작은 눈사람. 따뜻하고 달짝지근한 음료. 하얀 생크림에 폭 찍어 먹는 딸기. 사람이 가득한 지하철에서 훅, 빠져나와서 느끼는 차가운 개찰구의 공기와 코끝을 간질이는 델리만쥬의 냄새. 손때가 탄 작은 노트의 한 자락에 조잘조잘 적어놓는 메모. 누군가를 생각하며 서툴게 그리는 그림. 결이 맞는 공간에서 숨어 있는 시간. 시린 손을 불어가며 길게 이어지는 통화와 하얀 입김. 새삼스럽게 쓰는 편지와 서툰 글씨 속에 가득 채워낸 마음. 안녕,

하는 헤어짐과 또 안녕, 하는 만남.

추운 건 너무 싫은걸. 애써서 좋은 것들을 꼭꼭 곱씹어야 겨울을 버틸 수가 있었다. 마음에 찬 바람이 불어들 때에는 겨울잠 같은 시간을 찾아서 숨곤 했다. 커다란 패딩에 몸을 욱여넣고 총총총 따뜻함이 가득한 곳으로 도망을 치는 것이다. 지하철을 타고 카페엘 갔다. 괜히 스티커를 덕지덕지 붙여서 사장님에게 편지를 썼다. 슬쩍 건넬 간식거리를 샀더니 마음이 몽글몽글했다. 테이크아웃만 되는 작은 공간에 키득키득, 숨어 들어가서는 쭈뼛거리며 편지와 간식을 건넸다. 패딩을 산처럼 쌓아두고는 여기 있으면 아무도 모를 거야. 테이블에 고개를 묻고 또 키득키득 웃었다.

뱅쇼는 뜨거웠고 진했다. 코를 찌르는 매운맛에 얼굴이 저절로 구겨졌다. 따뜻하고 단 쿠키를 가득 베어 물어야 한 입을 삼킬 수가 있었다. 그래서 자꾸만 쿠키를 먹었다가 뱅쇼를 마셨다가 콜록거렸다. 몸이 금세 데워졌다. 더운 것 같아. 너는 뱅쇼를 마시면서 얼굴을 찌푸리고 시를 읽으며 얼굴을 더욱더 찌푸렸다. 이해가 안 된다는 듯 갸웃거리다가

책장을 후루룩 넘겼다가 다시 책을 노려보았다. 그렇게 책을 노려볼 거면 왜 읽는 거야? 궁금했지만 물어보지는 않았다. 나도 얼굴을 찌푸렸지만 뱅쇼를 자꾸 마셨으니까. 맛있었거든.

너는 시가 별로라고 했다. 무슨 말인지 모르겠다나. 나는 시가 무슨 말인지 잘 몰라서 좋았는데. 우리는 참 다르다고 생각했다. 시가 싫다는 사람 같지 않게 너는 시 같은 말을 자꾸 했다. 겨울은 사람의 온기가 그리워지는 계절이라 좋다, 같은 거. (뭐야, 오글거려, 라고 하고 싶었는데 진지한 것 같아서 또 굳이 그런 말은 안 했다.) 정작 시를 좋아하는 나는 개춥다, 싫다, 전기장판 좀. 같은 생각밖에 안 하는데.

군밤 장수 같은 모자를 쓴 사장님도 추운 게 싫다고 했다. 사장님은 따뜻한 차를 내려 마시고는 도란도란 누군가와 이야기를 했다. 시가 싫다고 투덜거리는 네가 비스듬히 탁자에 기대 앉아 있고. 나지막하게 들리는 캐럴. 작은 공간을 가득 채우는 쿠키 냄새. 드문드문 들려오는 대화 소리. 바닥에서 올라오는 차가운 공기. 옆에 폭, 닿는 패딩의 촉감. 쿠키를 부서뜨리며 야금야금 먹으며 어딘가에 포옥 싸여 있는 기분이 들었다.

이런 겨울이라면 괜찮을까. 지금이 겨울잠 같은 시간이라고 생각했다. 시는 써본 일이 없지만. 무어라 콕 찝어 설명할수 없는 순간들을 글로 남기는 것이 시라면. 이 순간에 대해서는 시를 써봐도 좋을 것 같았다. 연보라색의 겨울. 짙은 얼룩 같은 낮. 노오란 햇볕과 깊게 뿌리내리고 싶은 순간들에 대해 생각했다.

너와의 시간

헤어질 시간이 다가올수록 우리는 조금씩 말이 없었다. 슬픔
비슷한 것을 느꼈다. 어떤 모임이든 대체로 헤어짐은 후련했
고 나는 혼자가 될 수 있는 시간을 기다렸다. 너는 나와 너무
비슷한 나머지 약속이 끝나고 집에 가는 길을 기뻐했고 우
리는 종종 혼자 되었음이 주는 묘한 안도감을 주제로 이야
기했다. 혼자 있을 시간은 아무리 많아도 부족하다고 말하는
인간들이 빼질나게 붙어 있는 게 조금 이상하기는 했지만
혼자인 시간의 중요성을 아는 사람이라 붙어 있어도 괜찮나
보다 싶었다. 그래도 이상한 일이었다. 왜 만남의 끝에 안도
감이 들지 않는지. 나는 왜 물먹은 솜처럼 바닥에 눌어붙은

기분이 되는지. 북적이던 놀이터를 채우던 아이들이 각자의 집으로 돌아가고 혼자 남아 쌀쌀한 그네 위에서 허공에 발을 툭툭 차고 있는 것처럼.

사실 늘 너와의 헤어짐은 찝찝했다. 그런 얘기를 꺼내는 게 느끼하니까 깔끔하게 다음 약속을 잡았을 뿐이지. 대충 만남의 좋았던 점을 열거하고 다음 약속을 잡고 뭔가를 예약하고 계획하다 보면 비슷한 시간에 각자의 집에 도착하고는 했다. 조금 이성을 차린 누군가가 이번 주는 좀 쉬자는 말을 꺼내도 뭔가 흥미로운 일이 있으면 당연히 같이 하는 식이었다. 헤어지니 아쉽다는 얘기를 건넬 수 있는 사이가 되었을 때에는 그 공허감이 낯설어 부러 안 하던 짓을 했다. 너는 굳이 마트를 들르고 중고서점을 들르고 집 근처를 뱅뱅 돌며 내가 도착할 때까지 동네를 헤맸고, 나는 정신 없이 청소를 하고 평소라면 거슬려서 듣지도 못할 가사가 요란한 음악을 잔뜩 틀어두고 바닥을 손걸레로 닦았다.

서로의 부재를 체감하는 일은 익숙해지지 않아서 좀 가라앉았고 그건 속수무책인 데가 있었다. 저녁 먹기 전에 헤어지는 것이 좋겠다고 손가락을 걸어놓고도 이런저런 이유로 차 시간을 몇 번씩 바꾸었다. 입 밖으로 내진 않았지만 아쉬워서. 좀더 있다가 갈까? 너무 급하게 가는 것 같아서. 시간이 애매하게 떠서. 다음 주엔 못 보니까. 대충 수수료를 몇 번씩 물어가며 차를 다시 예매하고, 또 예매하고. 당장 헤어지지 않아도 된다는 데에서 오는 안도감과 적당하게 유예해둔 헤어짐의 아쉬움을 대충 갈무리했다. 그렇게 수수료와 맞바꾼 시간은 또 정신없이 흐르고. 또 미룰까, 몇 번씩 들썩이다 아슬아슬하게 집에 도착하곤 했다. 관계의 재정의에도 수수료가 붙는다면 너와 나는 기꺼이 그것을 냈을 테지.

가장 좋은 시간들은 글로 쓰지 못해서 너와의 이야기는 어쩐지 건조한 것들만을 쓰게 된다. 좋은 것을 좋다고 말하는 일은 어색하고 얼마나 좋은지를 잘 쓸 자신은 없어서. 왜 나는 글을 못 쓰지? 괜히 나를 탓하며 머릿속에서만 날려버린 글이 많다. 사실 너와 있을 때는 글을 쓰겠다는 생각이 들지도 않았다. 하얀 화면에 커서만 깜박깜박 두고는 너를 쳐다보기만 해도 재미있었다. 뭘 쓰려고 했는지를 늘 까먹었다. 끊어질 듯 이어지는 삶에 심폐소생술을 하는 것이 글쓰기라 생각했는데. 너와의 시간은 이미 자연스러운 호흡으로 흘러가고 있어서 호흡기를 댈 여지가 없었다. 정말 좋았어요, 같은 자막이 필요 없는 순간들이 스쳐 지나가고 너무 빠르게 끝나버리고 있었다.

물먹은 솜처럼 무거운 몸을 기차에 대충 얹었다. 풍경들이 빠르게 거꾸로 멀어졌다. 느지막한 늦잠과 시시콜콜한 얘기들. 잦은 입맞춤과 뒤척임. 말이 되지 않는 유치한 장난. 나른한 네 목소리와 머리끝을 간질이던 손. 혼자 있는 시간에 그런 것들을 곱씹으면 또 일주일을 버텨낼 용기를 가질 수 있을 것이었다. 새로운 한 주가 시작되고 있었다. 조금은 용감해질 수 있을 것 같았다.

언니와 애니팡과 인간을 너무 사랑함

언니는 내가 〈꽤 작은 규모의 깊은 관계에 마음을 쓰는 것 같고, 그것이 부질없다고 하고 싶은 것은 아니지만 그 관계들에 대해 걱정하기보다 지금의 관계에 진심으로 표현하고 마음을 쓰는 것이 최선을 다하는 것〉이라고 했다. 정확히 내 요상한 불안과 서투름을 꿰뚫는 말이었다. 꿰뚫려도 별로 아프지는 않았다. 언니에게는 세상과 섬세한 거리 두기를 전제로 한 다정함이 있다. 내가 거칠게 요약하거나, 혹은 과하게 주절거리는 어떤 얘기들을 아프지 않은 방식으로 갈무리하는 어떤 능력. 그건 능력이 아니라 노력이겠지. 과하게 축축하지도 지나치게 건조하지도 않은 그의 말은 어떤 기점을 넘어간 뒤에도 자꾸 생각나서 곱씹게 된다.

언니에게서 흔들리는 시간들을 담담히 버텨온 사람의 표정을 본다. 앓아왔을 관계와 마음을 쓰고 싶은 관계들이 언니를 지나쳐 갔을 것이며, 내가 가늠하기 어려운 시간도 있었을 것이다. 그럼에도 세상을 미워하지 않는 언니를, 더 괜찮은 사람이 되고 싶다고 말하는 언니를 나는 파격적으로 응원할 수밖에 없는걸. 뾰족하게 닳거나 잡아먹히지 않아서 고마워, 같은 말을 하려다가 그건 섬세한 거리 두기 따위 없는 느끼함 같아서 집어던졌다. 그래도 때로 오글거림을 참더라도 진심으로 표현하고 마음을 쓰고 싶다는 생각을 해. 그렇게 내 최선을 다하고 싶다는 생각을 해.

나는 세상이 거대한 애니팡의 세계관 아래에 있다고 생각한다. 그러니까 하트가 지급되고 하트를 쓰면 닳고, 하트가 충전되려면 시간이 걸린다고. 나는 시작과 동시에 여기저기에 하트를 팡팡 써버리는데 그건 내가 언니의 말처럼 정말 〈꽤 작은 규모의 관계에 깊게 마음을 씀〉이기 때문이다. 하트는 다섯 갠지 세 갠지밖에 없으므로 결정적으로 게임을 플레이하고 싶을 때 아껴 쓰든가 충전될 타이밍을 잘 잡아서 써야 하건만. 내 본질적인 문제는 〈인간을 너무 사랑함〉이다. 사랑하므로 하트 뿌리기에 주저함이 없으며, 사랑하므로 상처를 받고, 사랑하므로 걱정하고, 사랑하므로 종종거리고, 사랑하므로 쉽게 슬퍼지며, 사랑하므로 사랑함을 쉽게 표현하지 못한다.

하트가 닳으면 플레이를 하지 못하고 멈춰 있어야 한다. 기다리면 자연스럽게 하트가 충전되지만.

서로에게 하트를 선물할 수도 있다. 따라서 나같이 〈인간을너무사랑함〉족도 하트를 받으면 계속 게임을 할 수 있는 것이다. 하지만 하트를 달라고 말을 하려면 게임 광고 메시지를 보내야 하는데 나는 그런 건 죽어도 못하고 차라리 하트가 충전될 때까지 납작 찌그러져 있기를 선택하지만. 그럼에도 언제나 하트를 팡팡 쏴주는 사람들이 있는걸. 시작과 동시에 하트를 다 써버려 소진된 나에게 하트를 보내주는 것은 또 인간이고. 나는 그 인간들을 붙잡고 다시 게임을 플레이할 수 있고. 그래서 〈인간을너무사랑함〉을 그만둘 수는 없다.

지금도 누군간 하트를 쏴주겠지 같은 안일한 생각으로 하
트를 줄줄 흘리고 다니는 중.

척척박사의 비밀

여럿이 있으면 자연스레 분위기를 맞추고는 했다. 누구랑도
대화를 이어나가는 게 그다지 어렵지는 않았다. 적당히 다양
한 분야에 얄팍한 정도의 관심이 있어서 누구랑도 어 맞아
그거그거 할 수 있었다. 남의 취향 같은 건 대체로 그러려니
해버렸고, 사실 나에겐 뭐가 됐든 그렇게 중요하지가 않았
다. 다들 누구한테 무언가에 열정을 쏟고 마음을 쓰는 것 같
은데, 나는 그러지 못하는 것 같았고, 막 열광하는 애들한테
끼고 싶어서 나도 어딘가에 열광하는 듯 굴었다. 원체가 그
러려니 하는 인간이라 여기저기 다 맞추는 건 어렵지가 않
았고, 너 참 나랑 비슷한 것 같애, 같은 얘기를 자주 들었다.

그건 결국 내가 아무와도 비슷하지 않다는 뜻이었다.

    다들 물에 몸을 가득 담그고 물장난을 치는데 나는 혼자 뚱하게 발가락 끝만 담그고 있었다. 유치원 땐 쌓기 나무 블록으로 같이 신나게 장난을 치다가도 이게 진짜 재밌냐? 같은 생각을 했다. 시니컬한 유치원생은 얼음땡을 하거나 수련회 장기자랑을 연습하면서도 이게 진짜 재밌냐? 를 간간이 생각하는 초등학생이 되었고, 마찬가지로 럽실소(러브실화소설. 다들 한 번쯤 읽어본 거 아닌가요?)랑 팬픽(팬-픽션. 이것도 혹시 저만 봤나요?)을 돌려보면서도 이게 진짜 재밌냐? 생각하는 중학생이 되었다. 영 재미없다고 생각하면서도 나는 꼭 그런 것들에 관심 있는 양 굴었다. 그래야지 친구들이랑 비슷해질 수 있을 것 같았다. 비슷해져야 친해질 수 있는 줄 알았다.

    쌓기 나무 블록은 싫었지만 효경이는 좋았다. 효경이가 블록놀이를 좋아하기에 나도 블록을 좋아하는 척을 했다. 수련회는 귀찮았지만 같은 방을 쓰는 애들은 좋았다. 춤은 싫은데 같이 연습하는 게 좋아서 지원이가 물어볼 때 장기자랑을 한다고 했다. 밤을 새자고 허세를 부리거나 좋아하지도 않는 라면을 나눠 먹으면서 히히 웃었다. 밤을 새면서 시시하기 짝이 없는 진실게임을 했다. 지원이가 정훈이가 좋다고 해서 나도 정훈이 친구 현종이가 좋다고 둘러대었다. 서로 비밀을 지키기로 약속했다. 정훈이고 현종이고 나는 관심이 없었고 그냥 지원이랑 자물쇠로 잠근 비밀일기에 더 많은 얘길 쓰고 싶었다. 같이 손을 잡고 화장실에 가거나 새콤달콤을 나눠 먹는 건 아주 중요한 일이었다.

2PM이 내 취향인지는 잘 모르겠으나, 2PM을 좋아하는 혜민이는 정말 내 취향이었다. 혜민이랑 지은이, 주안이랑 나는 고정 멤버니까 우리는 다 2PM을 좋아했다(그래야 하는 것 같았다). 애들이랑 안 겹치게 옥택연이 좋다고 둘러대곤 '2PM=7' 스티커를 휴대폰에 붙였다. 〈와일드 바니〉가 재밌었다고 막 얘기했지만 사실 한 회도 본 적이 없었다. 옥택연의 패션은 그때나 지금이나 나의 취향과는 거리가 멀었지만, 그 정도는 문제가 되지 않았다. 2PM이 해체를 하든지 말든지 사실은 아무래도 상관없었지만 친구들의 행복을 바랐기에 '2PM=7'을 아주 가끔 바랐다. 그러다가도 교실에선 꺄악 꺄악 하면서 〈하트 비트〉 영상을 보고 인간 탑 쌓기를 연습

했다. 내가 옥택연 역할이었다.

지금 생각해보면 노력이 가상했네. 저 다음엔 럽실소에 관심 있는 척했고, 팬픽에 관심 있는 척했고(실제로 하나 써보기도 했는데, 아직도 검색할 때마다 나와서 슬프다. 대체 어떤 놈들이 아직까지 검색하는 건지, 제발 이젠 떠나보내주면 좋겠다.) 또 더 커서는 연애에 관심 있는 척했고 뭐 그랬다. 남자친구가 생기고는 야구를 같이 보려고 막 공부하고 직관도 다녔다. 야구? 헤어지고 한 번도 본 적이 없고 아마 앞으로도 그럴 것이다. 삭제하느라 애먹은 싸이월드나 세이클럽, 티브이에 나오면 머쓱한 기분이 드는 2PM이랑 비슷한 신세가 되겠지만. 같이 눈을 반짝반짝 빛내며 뭔갈 얘기하던 시간들은 하나도 시시하지 않았다. 그거야말로 진짜 재밌었는데.

사실 그러는 내가 싫었다. 별 관심도 없는 걸 기웃거리는 것도 막 뭔갈 좋아하지도 못하는 것도 애매하고 흐릿해서 진저리가 났다. 거짓말을 쳐서 애정을 얻는 사기꾼 같고 결국 다 가식이 아닌가 싶어서 별로였다. 너무 오래 이렇게 지내다 보니 진짜 내가 뭘 좋아하는지도 막 모를 것 같아서 더 그랬다. 좋아하는 것보다 좋아하는 척하는 것들이 더 많은 내가, 척만 하는 내가 싫었다. 이 가식적인 척척박사! 그래서 요즘엔 싫은 걸 싫다고 하는 연습도 막 했다. 좋다고 하기 전에 좋은지 요만큼 더 생각해보자고. 그래봤자 나는 그걸 좋아하는 인간 중에선 가장 덜 좋아하고, 싫어하는 인간 중에선 가장 덜 싫어할 것이므로 또 밍밍해지지만.

그럼에도 서툴렀던 나에겐 그게 사랑을 표현하던 최선의 방식이었을지도 모른다고 생각한다. 틀림없이 그랬을 것이다. 그때의 내가 정말로 열광했던 건 척척박사인 채로 사랑을 표현했던 그 친구들이었을 것이다. 그 친구들이 지금도 많은 것들에 열광하고, 다른 친구들과 여전히 그런 얘기를 하면서 눈을 반짝거렸으면 좋겠다. 지금의 나도 또 다른 친구들과 비슷한 걸 또 하고 있으니까.

그의 행복을 바라지 않는다

어린 시절 그 그림에 반해 화가에 대해 알아보았다가 누군가의 부인이란 설명이 먼저 오는 것에 아연함을 느꼈었다. 이렇게 대단한 걸 그려도 그보다 중요한 정보는 남성 화가의 배우자란 점인지, 지난 세기 여성들의 마음엔 절벽의 풍경이 하나씩 있었을 거라는 생각을 최근에 더욱 하게 되었다.

— 정세랑 장편소설 〈시선으로부터〉

'쟤가 누구 여자친구잖아.' 그 소리를 듣기가 그렇게 싫었다. 그맘때는 그 말이 나를 쫓아다니는 것 같았다. 몇 학번 위의 선배와 연애를 할 때에는 내가 무얼 해도 그의 이름이 내 앞에 오곤 했다. 학과의 사람들도, 교수님들도, 함께 일을 하던 사람들도 나보다 그를 먼저 알았고, 그것 자체로는 큰 문제가 아니었지만. 문제는 종종 내가 '그의 여자친구'로 설명되었다는 데에 있다.

　나는 나야. 누구의 부속품이 아니고.
　나를 설명하는 수많은 역할이 있음에도 왜 그의 여자친구라는 말이 그렇게 강조되는지가 궁금했다. 학과에서 맡은 역할, 학내 자치기구에서 맡은 역할이 분명히 있었음에도, 학과나 자치기구에서조차 그의 여자친구라는 말이 꼬리표처럼 붙었다.

　내가 더 잘 해내야 한다고 생각했다. 내가 여기에 들어온 이유, 이런저런 역할들을 맡고 있는 이유를 완벽히 입증해내야 한다고. 그와 무관하게 잘해야 하며, 어쨌든 내 앞에 놓인 그의 이름을 생각한다면 더욱 폐를 끼치지 않아야 한다고 생각했던가. 희한하지. 부당한 취급을 받으면서도 더 잘하려고 했던 게.

잘하려고 하는 게 아니라 화를 냈어야 한다고 뒤늦게지만 생각한다. 같이 일을 하고 있다는 것도, 겹겹이 얽힌 인간관계도 화내야 할 순간들을 자꾸만 유예하게 만들었고. 나는 자꾸만 내가 이상한가? 하는 생각을 곱씹었다. 내 스스로의 감정과 생각을 부정하게 만드는 관계는 잘못된 거라고 지금은 말할 수 있지만, 한참 그 관계 속에 있을 때에는 그 모든 걸 다 견디는 게 사랑인 줄 알았다.

잘하고 싶었고, 내 선택이 잘못된 거라는 걸 인정하고 싶지 않았고. 그래서 삐걱거리던 관계의 끝을 자꾸만 유예했다. 그가 나의 가능성을 함부로 재단하는 말을 하거나, 내 결정권을 쉽게 무시할 때에도 그렇지 않다는 걸 입증하면 괜찮겠지 생각했다. 나를 함부로 대하는 그를 이해하려고 노력했고, 마음을 주는 만큼 돌려받지 못하더라도 어쩔 수 없는 일이라 생각했다.

지금은 그 모든 게 잘못되었다는 걸 알아.
그리고 거기에 내 잘못이 없다는 것도 알아.

관계 맺었던 모든 이들의 행복을 바라지만, 그의 행복은 바라지 않는다. 그가 쉽게 재단했던 나의 가능성처럼, 그의 가능성 역시 고작 그런 것에서 그치기를 바란다. 어쨌든 내 삶은 그가 허락한 범위 내에서 머무르지 않았으며, 앞으로도 그럴 것이다. 그가 가늠할 수 없을 정도의 꿈을 꾸고 그 꿈을 현실로 만들어내기 위한 삶을 살 것이다.

마음속에 이제는 절벽이 아닌 것을 그려내고 싶다. 더 넓고, 더 단단한 것을.

싫어지는 마음

사람이 싫어지려고 할 땐 마구 비 오는 날이나, 천둥 번개가 치는 날을 생각한다. 오늘 비가 오나 보다, 그래서 물이 튀나 보다, 그렇게 생각하려고 한다. 날씨를 바꾸려고 전전긍긍하지 않는 것처럼, 날씨가 왜 이러지 마구 골몰하지 않는 것처럼. 이해하려고 애를 쓰고 쓰다가 내가 상할 것 같은 때에는 탁 놓아버리는 것이다. 그건 그냥 나쁜 날씨 같은 거였어 하고.

다만 내가 할 수 있는 것은 우산을 챙기고 비옷을 입고 장화를 단단하게 신는 것이다. 따뜻한 실내에서 코코아를 홀짝거리는 것도 좋겠다. 나쁜 날씨에 기분이 구깃구깃해지거나 양말이 젖지 않도록. 그렇게 나를 지키는 것.

때로는 잘 모르니까 상처를 받고, 때로는 너무 잘 알아서 상처를 받는다. 이해하기 위해 한 발짝 다가가야 하는 순간과, 날씨 같은 거였어, 넘겨야 할 순간들을 마구 헷갈리고 있을까 봐 문득 두렵다. 그렇지만 어쩌면 그게 정말 날씨 같은 거라면 필요한 건 시간일지도 모른다. 천둥번개벼락이라고 넘겨버렸던 누군가도 해사하게 다시 다가오는 순간이 있을지도 모른다. 날씨는 상태 같은 것이므로.

조금 치사한 생각이지만 내가 사랑하는 사람들에겐 좋은 날씨만 가득했으면 좋겠다. 겨울에서 봄으로, 여름에서 가을로 넘어가는 그 틈새의 날씨들을 주고 싶다. 그들이 날씨 같은 어쩔 수 없는 것들 때문에 슬프지 않았으면 좋겠다. 그럴 땐, 우리가 어쩔 수 없었던 거라고, 날씨가 너무 나빴던 거라고 꼭 말해주어야지. 내가 수건이나 코코아, 따뜻한 털 실내화 같은 걸 주저하지 않고 나눠줄 수 있는 사람이었으면.

또 싫어질 것 같은 사람이 생기면 속으로 털 달린 모자를 씌워본다. 퐁실퐁실한 방울이 있는 걸로. 꽃분홍색 수면 내의를 상하의로 입혀주고는 수면 양말까지 신고 있는 그 사람을 상상한다. 좋아하는 간식이 뭘까. 퇴근하면 바람 빠진 풍선 같은 몸으로 앉아서 좋아하는 티브이를 볼까. 맛있는 과자랑 빵 같은 걸 먹으면서 너무 맛있다고 발을 동동 구를까. 이불을 돌돌 말고 소파 위에 늘어져 있을까. 그런 걸 생각해보면 어쩐지 싫었던 놈도 조금 짠해지는 것이다. 함께 행복할 수 없어도, 행복의 모양에 서로가 포함되진 않더라도, 그래도 행복하기를 바라는 마음.

그것 말고도 그 사람의 초등학생 시절 상상하기(알림장을 쓰기 싫다고 징징거리거나 친구랑 싸우고 잉잉 울면서 선생님한테 이르는 것 같은 장면을 상상함), 출근 준비하는 걸 상상하기(아침에 쟤도 멋있어 보이려고 옷을 골랐겠지, 어울리는 바지랑 상의를 착착 찾아서 주섬주섬 입었겠지. 거울을 보면서 막 으쓱으쓱도 했겠지 싶으면 멋 부리는 꿩 같아서 귀엽고 짠해짐) 같은 걸 가끔 하는데. 이 말을 들은 친구들은 아연실색하며, 차라리 그냥 싫어하면 안 되는 거야? 한다. 앗… 그렇게 간단한 방법이?

쿠키를 보내고 싶은 마음

"이번엔 부산이야?" 언니는 언제 부산 친구를 사귀었냐며
또 신기해했다. 그도 그럴 것이 나는 쿠키를 안산으로, 제천
으로, 부산으로, 대구로, 대전으로, 부천으로, 청주로, 남양
주로 하여튼간 전국 곳곳에 보내댔기 때문이다.

"응! 내가 좋아하는 모든 사람들한테 쿠키를 줄 거야!"

칭찬은 고래를 춤추게 한댔고, 맛있는 건 나를 들썩이게
한다. 맛있는 걸 먹을 땐 좀 숨길 수가 없다. 유난스럽지 않
으려고 애써보지만 젓가락이 춤을 춘다. 애인은 내가 맛있는
걸 먹으면 발을 동동 구르고, 눈을 반짝반짝한다고 했다. 내

눈을 가장 반짝이게 하는 것 중 하나는 언니네 쿠키다. 그러니까 그게 무슨 맛이냐면, 발을 동동 구르다 못해, 발차기를 하고 싶어지는 맛! 부스러기까지 싹싹 주워 먹고 싶은 맛! 맛 중의 맛!

맛있는 걸 먹을 땐 그걸 같이 먹고 싶은 얼굴들이 자꾸자꾸 생각난다. 이건 얘가 좋아할 것 같애, 다음에 사다 줘야지. 여기는 누구랑 와야지. 같이 오면 좋겠다. 다음에 만날 때 이거 사가야지. 뭐 그런 생각들을 주섬거리면 절로 헤실헤실 웃음이 나온다. 몰래 뭘 선물할 계획을 세우면서 혼자 짜릿했다가 뿌듯했다가 법석을 떨고. 좋아하겠지? 생각하면서 입술을 꾹꾹, 누르다 보면 두 배쯤 힘차게 발을 구르게 되는 것이다. 좀 유난스럽게 행복해진다.

아무튼 그런 점에서 그 쿠키는 내가 먹어본 어떤 것보다 더 같이 먹어보고 싶은 것이었다. 쿠키를 택배 배송도 한다기에 홀린 듯 주문해서 애인에게 보냈다. 애인은 혁명적인 맛이라고 했고, 모쪼록 혁명의 핵심은 빠르고 확실하게, 거국적으로 이루어지는 데에 있기 때문에 그 정신을 받들어 자주 '쿠키 박스'를 보냈다. 애인은 늘 나보다 (좋은 쪽으로) 한술 더 뜨는 데가 있으므로 걔도 나에게 쿠키 박스를 마구 보냈고. 그렇게 오가는 쿠키 박스 속에 단단해지는 애정 전 선과 싹트는 우정에는 정말 좀 혁명적인 구석이 있었다.

"고마워요" 하던 사장님의 멘트는 "늘 고마워요⋯!>_〈"로 바뀌더니 "누가 이렇게 쿠키에 진심이지?"가 되었다가 "너네 뭐 하냐?ㅋ"가 되었고. 나 역시도 "사장님 정말 고마워요!" 했다가 "이번에도 맛있었어요!" 했다가 가게를 몇 번 찾아가 고는 "언니! 언니!" 하고 시답잖은 말들을 마구 늘어놓게 되 었다. 쿠키가 맛있으니까, 언니가 되어버린 사장님이 얼마 나 이걸 열심히 만드는지 아니까, 제일 좋은 것 중에서도 제 일 좋은 것 같아서 내가 좋아하는 사람들에겐 다 쿠키를 주 고 싶었고. 호시탐탐 좋아하는 사람들에게 쿠키를 보냈다.

슬금슬금 세를 확장해나가는 곰팡이처럼, 쿠키 부스러기 를 뿌리는 작은 곰팡이가 된 것 같다고 생각했다. 곰팡이는 싫은데, 쿠키를 팡팡 뿌리는 곰팡이라면 곰팡이 중에서도 사 랑스럽고 유익한 곰팡이일 것이다. 사람들의 일상의 틈에 리 본이 꼭꼭 매져 있고, 마스킹테이프와 스티커가 요리조리 붙 은 쿠키 박스를 놓는 상상을 하면 절로 기분이 좋아진다. 리

본을 끄르고 박스 안에 가득 차 있는 쿠키를 보면서 와아ー했으면 좋겠어. 그럴 사람들을 생각하면 언제고 쿠키 곰팡이가 될 수 있다는 생각을 한다.

어쩌면 내가 정말로 좋아하는 사람들에게 주고 싶었던 것은 숨 쉴 틈 같은 건 아니었을까. 꼭 먹어야 하는 밥 말고, 꼭 있어야 하는 포장지 말고. 굳이 붙인 스티커와 굳이 두른 예쁜 리본, 크지도 작지도 않은 쿠키 모양의 틈. 너는 이런 예쁜 박스랑 맛있는 걸 잔뜩 받아야 되는 사람이야! 하는 걸 덜 느끼하게 말하기 위한 선물. 쿠키를 따뜻하게 데워내는 시간 동안 조금은 따뜻해지기를. 달콤하고 촉촉한 순간들을 떠올리기를. 삼키기 힘든 시간들도 쿠키와 함께 꼭꼭 씹어내기를. 가득가득 눌러 채운 쿠키 박스만큼 응원하고 있다는 걸 기억하기를. 어쨌든 쿠키 하나 치의 용기가 나기를.

오늘도 쿠키를 보내주고 싶은 많은 사람들을 생각한다. 쿠키를 보내고 싶은 마음에 바스락바스락 간지럽다.

내가 믿는 어떤 마음

초능력(친구이다)의 초능력을 믿는다. 그는 세 시간 남짓을 자고도 다음 날 씩씩하게 가게에서 나를 반겨준다. 잠이든 밥이든 모자라면 침울해지는 내가 보기엔 그건 초능력의 경지이다. 초능력은 자그마한 가게의 더 자그마한 작업 공간에서 온갖 맛있고 반짝거리는 것들을 뚝딱뚝딱 만들어낸다. 과분하게 정성스럽고 맛있는 디저트를 먹으면서 '흠, 이건 역시 초능력적인 맛이야.' 생각하는 것이다. 좋은 걸 꾹꾹 담아 만든 초능력의 디저트를 먹을 때엔 내가 나에게 좋은 걸 대접하는 기분이 든다.

여러 가지가 견디기 어려운 날에는 가만히 유리창 앞 책상에 앉아서 멍하게 세탁소를 쳐다보거나 밑도 끝도 없는 일기를 잔뜩 쓰거나 했다. 따뜻하고 달콤한 것들을 먹으며 늘어진 시간을 보내고 나면 괜찮지 않은 시간들도 견딜 만해졌다. 초능력을 붙잡고 어쩌구저쩌구 투덜거리다가, 괜히 더 챙겨주는 디저트까지 싸악 비우고 나오면 다시 일상에 발을 디딜 용기가 생겼다. 사실 그거야말로 초능력의 진짜 초능력이 아닐까. 무언가를 견딜 용기를 주는 것.

초능력의 가게에서 천선란의 장편소설 〈천 개의 파랑〉을 읽었다. 무언가에 열심인 사람이 반짝반짝 빛을 낸다는 구절을 읽으며 초능력을 생각했다. 초능력이 디저트 얘기나 커피 얘기를 할 때에는 초능력에게서 빛이 뿜어져 나오는 것 같았다. 초능력의 건강 같은 걸 걱정하는 말을 하거나, 좀 빨리 퇴근하라는 식의 잔소리를 하면 초능력은 무덤덤하게 "손님들과의 약속"이라거나 "좋아하는 일"이라는 얘길 꺼내곤 했다. 그런 말을 하는 초능력은 정말로 반짝거리는 것 같았다. 나도 애들 얘기를 할 때는 빛이 날까? 궁금했다.

사실 여기까지였다면 나는 그를 멋진 카페 사장님으로, 그는 나를 치즈케이크에 미쳐 있는 단골손님 정도로 기억했겠지. 카운터를 사이에 두고 눈빛으로 응원을 나누었을 것이다. 그렇지만 초능력은 스치듯 이야기한 나의 버거움에도 꼭꼭 눈을 두려고 하는 사람이기에. 나는 점점 우리 사이에 놓인 카운터 같은 건 다 까먹어버리고 홀랑 마음을 내어주게 되었다. 아무렇지 않게 건넨 나의 호의는 더 커다란 마음으로 돌아왔고. 언제고 선뜻 마음을 내어주는 초능력에겐 편파적이 될 수밖에 없었다. 괜히 맛있고 좋은 걸 보면 갖다주고 싶어지는 것처럼.

초능력의 초능력을 마구 열거했지만, 가끔씩은 초능력이 평범한 인간 같다. 진짜 초능력이 있다면 화상을 입거나 손목을 다치거나 어딘가에 걸려 넘어지지는 않을 것이다. 아니면 신이 센스가 없는 건가. 맛에 대한 감각, 예쁜 것들을 척척 만들어내는 능력, 따뜻함 뭐 그런 걸 잔뜩 주어 카페 사장이 되게 하셨다면 센스 있게 재생 능력이나 자가치유 능력도 줬어야지. 신이 센스가 부족한 탓에 초능력은 가끔 다친다. 이건 절대 초능력의 잘못이 아니다. 신의 설계 미숙인 거다.

그래서 나는 초능력이 다칠 때마다 신에게 짜증이 난다. 자리를 뜨기 어려운 일을 하는 그에게 병원에 가보라 얘기하는 것도 좀 내키지 않는다. 정말 병원에 가고 싶은 건 초능력일지도 모르겠다는 생각에 계속 실없는 소리만 하게 된다. 급한 대로 약국에서 이것저것 물어보고는 뭔갈 사다 줘도 영 마음이 편치는 않다. 괜히 우유를 갖다주겠네, 좋아하는 메뉴가 나왔네 하며 가게를 얼쩡거렸는데. 역시나 초능력이라곤 없는 나에게 별 뾰족한 수가 있는 건 아니라서 입맛만 다셨다. 좀 이럴 때 눈치 있게 신이 개입하면 좋겠다.

내가 좋아하는 사람들이 아픈 건 진짜 싫다. 내 주변에는 그럼에도 불구하고 살아보려고 사랑하려고 애쓰는 사람들이 그득그득한데. 각자의 고군분투를 하는 친구들에게 크고 작은 불편함을 마구 뿌려대는 신은 치사하고 못된 놈이다. 나는 아주 편파적인 데다 편협하기까지 한 사람이니까. 내가 좋아하는 사람들은 따뜻하고 보송보송한 곳에서 좋은 것만 보고 들었으면 좋겠다. 할 수만 있다면 붕대를 둘둘 감아주고 싶다. 다들 덜 아팠으면. 무언가 견디지 않았으면.

신을 믿는 척했지만 진지하게 말하자면 신을 믿지 않는다. 완전하고 전지전능한 것은 믿으려고 애써봐도 잘 안 된다. 오히려 내가 믿는 건 불완전한 인간들이 언제고 서로를 보듬을 수 있다는 것에 가깝다. 불완전한 인간, 어딘가 모자라고, 치사하기도, 어설프기도, 쪼잔하기도 한 인간들이 서로를 생각하며 내는 마음들이다. 나는 초능력의 상처를 단박에 치료해줄 수는 없지만, 병원에 가는 초능력을 대신해서 가게를 봐주거나 언제라도 파스를 사다 줄 수 있다(사실 그게 딱히 초능력에게 도움은 안 되는 것 같다). 초능력이 우리 반 아이들의 또싸움(또 싸우는 것의 줄임말)을 깔끔하게 중재해줄 수는 없지만, 초능력이 괜히 챙겨주는 스콘을 와작거리며 나는 내일 애들에게 할 말을 씩씩하게 준비할 수 있다.

신이 있건 없건 우리는 오래도록 서로를 위해 마음을 낼 것이다.

내가 믿고 싶은 것은 모두 거기에 있다.

오늘과 내일 사이를

언제나 쓰는 사람이고 싶다. 내가 쓰고 싶은 글은 오늘과 내일 사이를 부드럽게 잇는 글. 미워하는 마음을 걷어내는 글. 더 많은 것을 헤아리고 싶은 글. 사랑했던, 사랑하는 이들과 기억하고 싶은 순간을 떠오르게 하는 글. 비틀거리며 견뎌왔던 시간들은 꼼꼼히 박음질하듯 써내고 싶고, 어슴푸레한 순간들에 선연한 빛을 더하고 싶다. 그런 글을 쓰려면 아무래도 두 배쯤 마음이 큰 사람이 되어야겠지.

바스락거리는 이불 속에 파묻혀 있거나, 사랑하는 고양이를 가만가만 쓰다듬을 때는 얼마든지 마음이 큰 사람이 될 수 있을 것만 같다. 쏴아— 하고 밀려드는 파도 소리를 들으며, 거품 이는 바다를 멍하게 쳐다볼 때엔 정말로 그럴 수 있을 것 같은데. 뜨거운 햇살 속에서 반짝거리는 조개껍질을 줍거나 모래에 발자국을 가득 찍으면서 장난을 칠 때. 기꺼이 마음 쓰고 싶은 사람들과 별일 아닌 일에 호들갑을 떨 때. 그럴 때는 세상을 모두 사랑할 수 있을 것 같다가도.

금세 푹 꺼지는 마음은 뾰족하고 모난 채로 여기저기를 찌른다. 가장 뾰족한 부분은 언제나 나를 향해서 자주 부끄럽고 많이 속상하다. 내가 싫어하는 나는 일상을 잘 살지 못하는 나. 싫은 사람과 잘 마주하지 못하는 나. 입꼬리에 경련이 날 듯 노력해도 싫은 사람에게 정색 말고 다른 걸 못 하는 나. 그냥 넘어갈 법한 일에도 자꾸만 신경을 쓰는 나. 그래서 받지 않아도 되는 상처를 받는 나. 피곤하고 예민한 나. 날이 서 있는 나.

너의 예민함은 다르게 말하면 섬세함이야, 싫은 걸 굳이 애써 좋아하는 척할 필요는 없잖아, 지금 많이 지쳐 있나 보다, 애썼어……. 다른 이에게였다면 쉽게 건넬 말들을, 다 알면서도 나 자신에게는 해주지 못하는 나에게 천천히 또박또박 글을 써본다. 애썼어. 애썼어.

가장 덜 미워해야 하는 것은 나. 가장 많이 헤아려야 할 것도 나. 뚜렷이 보이지 않는 오늘과 내일 사이를 걸어갈 나를 조금은 더 응원해주어야지.

싫어하는 일을 조금 더 피해야지. 좋아하는 일에 더 많은 시간을 써야지. 기억하고 싶은 순간을 더 많이 만들어야지. 주저 없이 쓰고, 후회 없이 말해야지. 그렇게 꼼꼼히 하루와 하루 사이를 건너가야지. 그럴 수 있을 거야. 응원을 가득 담아 나에게.

빛이 들 거야

열심히 하면, 언젠간 빛이 들 거야. 알아주는 사람이 생길 거야.

　그날은 초능력과 버섯을 추가한 오삼불고기를 먹던 날이었다. 소맥을 한 잔씩 마신 우리는 적당히 텐션이 올라 있었고, 조미료 맛, 아는 맛이지만 그래서 더 맛있는 오삼불고기는 입에 착착 감겼다. 팡팡 즙이 터지는 버섯을 먹으면서 감동 비슷한 걸 하던 차에 자가격리(초능력의 친구이다)에게서 전화가 왔다. 취해서 잘 기억이 나지는 않지만 자가격리는 으레 그랬듯 투덜거렸던 것 같다. 오늘은 너무 힘들었고, 돈을 잘 벌지 못했고, 뭐 그런 말들.

그때 초능력은 "야아! 자가격리!" 하면서 좀 그러지 말라고, 열심히 하면 언젠간 빛이 들 거고 알아주는 사람이 생길 거라고, 확신에 찬 목소리로 말했다. 다 때가 있는 거라는 초능력의 말엔 흔들림이 없어서, 덜컥 초능력을 믿고 싶은 마음이 들었다. 사실은 뻔한 말인데 생각하면서도 그 말이 와닿았던 건 초능력이 정말로 빛이 들지 않는 순간에도 노력하는 인간이기 때문이었다.

초능력은 늘 그랬다. 다른 사람은 몰라도 내가 아니까, 하면서 복잡하더라도 가장 맛있게 무언가를 만드는 방법을 포기하지 않았고. 사람들이 잘 몰라주는 순간에도 노력을 놓지 않았다. 가끔은 초능력이 요령을 부렸으면 좋겠다고 생각했지만. 초능력이 안 그럴 걸 알아서 굳이 입 밖으로 꺼내놓지 않은 말들이 많았다. 자가격리와의 전화가 끝난 다음에 부러 힘주어서 말했다. 정말로, 정말로 언젠가는 빛이 들었으면 좋겠다고.

사실은 지쳐 있었다. 내가 생각하는 좋은 선생님들은 자꾸만 학교에서 나가떨어졌다. 아이들을 진심으로 생각해서,

교육이나 교사에게 기대하는 바가 커서 자꾸만 실망하고 보고도 못 본 척을 할 수 없어서. 소진되거나 학교를 떠났다. 학교와 자신을 분리하지 못하고 휘청거리는 동료들을 볼 때마다 마음이 복잡했다. 수업에 최선을 다하고 아이들에게 더 진심일수록 많이 상처받는 것 같다는 생각에 속이 쓰렸다.

학교에서 살아남으려면 적당히 무뎌져야 하고, 아이들에 대한 기대도 조금씩 놓아야 하고, 또 무언가들을 하나씩 하나씩 놓아야 하는 것 같은데. 그렇지만, 그럼에도. 아이들에 대한 기대를 놓을 수가 있어? 이것도 저것도 내려놓는다면 그게 정말 교사야? 끝도 답도 없는 질문이 꼬리를 물었다. 벗어날 수 없는 늪에 자꾸만 발이 빠져 고꾸라지는 날들이었다.

위태로운 시소에서 균형을 잡는 일을 하는 것 같지만. 내려놓지 말아야 할 것을 내려놓거나, 놓아야 할 것을 꼭 쥐고 있는 것은 아니기를 바랐다. 아이들을 대하는 일은 즉각적인 결과를 바라서는 안 된다는 걸 자꾸 까먹지 않기를. 그렇지만 지금의 순간과 고민들이 결코 무용하지는 않았으면 좋겠다고. 그런 생각들을 곱씹으며 초능력에게 말했다.

"정말로 빛이 드는 그런 때가 언젠가는 오겠죠?"

초능력은 "그럼! 당연하죠!"를 외치며 잔에 술을 따랐다.

짠! 잔이 부딪혀서 청량한 소리를 냈다. 찰랑거리는 소맥처럼 마음이 일렁였다.

오늘 내가 어떤 마음이었는지
기억하고 싶어서

초판 1쇄   2022년 2월 15일

지은이	지윤
편집	김화영
마케팅	어쩌면 이 책을 읽은 누군가
디자인	지완

펴낸이	김화영
펴낸곳	책나물
등록	제2021-000026호(2021년 3월 8일)
이메일	booknamul@daum.net
블로그	blog.naver.com/booknamul
인스타그램	@booknamul

ISBN   979-11-974142-7-5 03810